結婚式の朝――
教会にはすでに多くの人が集まっていた。
「あなたを生涯愛します。
私の大地となってください」
を生涯愛します。
の太陽となって
大地を照らしてください」

ケイゴ
ターニャ
いきなり目の前に金銀財宝の山が現れた。
ヴヴヴ……
部屋全体から電子音と低い駆動音が聞こえる。
不意に空気が動く気配がした。

「運命人のケイゴオクダ様ですね？
私はここの管理者兼システム
運用担当のメティスと申します」
メティスと名乗った黒いロボットの声は、
とても聞き覚えのあるものだった。
デルムンド
マルゴ
シエラ

「人間なんて
ろくなもんじゃない。
キミだってそう
思わないかい？」
「俺はそんな人間が大好きだ。
たまには
絶対人とはつるまねえ
なんて思う日もあるけど、
それでも人は
どうしようも
なく人が好きで、
誰かと繋がっていたい
生き物なんだよ！」

shousyaman no isekai survival
商社マンの異世界サバイバル 4
～絶対人とはつるまねえ～
餡乃雲
ill. 布施龍太

イラスト：布施龍太

CONTENTS

プロローグ

shousyaman no isekai survival

――昔から自分は社会とは相いれない人間だと思っていた。

子供の頃《ころ》から好奇心旺盛《こうきしんおうせい》で特殊《とくしゅ》な価値観を築いていった。

しかし教師や親からは個性的なのは悪いことで常識的になりなさいと教え込《こ》まれた。教師には家庭訪問で漫画《まんが》を注意されたが、良い成績をとれば褒《ほ》められた。それまで頑張《がんば》っていた部活の強い学校に行きたいと言えば、少しでも偏差値《へんさち》の高い学校に行けと話を聞いてもらえなかった。

子供ながらに自分の好きなことに没頭《ぼっとう》するのは悪いことなんだと思った。

教師や親からは「一流の大学を出て一流企業《きぎょう》に勤めれば一生安泰《あんたい》で暮らせる」と聞かされた。だから俺《おれ》は嫌《いや》なことを我慢《がまん》して努力することにした。

その甲斐《かい》あって一流大学を卒業し一流商社に勤めることができた。だがそのあたりでこのまま生きることに疑問を感じ始めた。

働き出してすぐに親や教師の言っていたことは間違《まちが》いだったと気がついた。好きなことに没頭することこそが最も大切なことだと考えを改めた。どんなに給料が高かろうと好きでもないことに人生の時間の大半をつぎ込むことが幸せだとは、どうしても思えなかった。

そこからは早かった。

俺は一切《いっさい》自分を偽《いつわ》ることを止《や》め自分の好き嫌《きら》いで全《すべ》てを判断するようにした。

当然会社は自分の好き嫌いで仕事をする人間など求めておらず、俺は一〇億円というまとまった金をもって社畜《しゃちく》からおさらばすることにした。

本音で生きることを選んだ俺を友人たちは受け入れられなかった。そこで俺はまた気がついた。本音を偽って付き合っていた友人たちは、本当は友人などではなかったのだ。俺は最初から孤独《こどく》だった。

いやそれでも小さな頃は本音で友人と付き合っていたし、いつから俺たちはこんなに本音と建前を使い分けるようになったのだろうと不思議で仕方がなかった。

そこで俺は考えた。今思えばそれは「好きなことに没頭することは悪」、「偏差値の高い学校に行くことこそが正義」と教えられたあのあたりからだというのが俺の推測だ。

この教師の論理だが、ちょっと考えればおかしなことに気付くはずだ。プロ野球選手、漫画家、アニメーター、俳優、アイドルなどなど。人気と言われる仕事に就《つ》くためにするべきことは、野球、漫画、アニメ、演技、歌や踊《おど》り、容姿磨《みが》きに没頭することであり、一流大学に入ることではないはずだ。

好きなことに没頭していれば、自然と好きなことでつながった友人がいる未来もあったんじゃないかと思うが後の祭り。

せめてこれからは好きなことをして生きるつもりだが過去は変えられない。孤独が今の自分を作り上げてきた以上、孤独は自分の一部になってしまっている。

だからこそ、そんな自分が強みになるのだと俺は後々知ることになる。

第一章　幸せの形

shousyaman no isekai survival

k-242

春、雪解けの季節。

ハイランデル王国との戦争が終結し復興作業が進む中、人々は日常を取り戻《もど》していった。そして建設からおよそ一年、イトシノユリナの丘《おか》の上に石造りの城が完成した。

ある日俺《おれ》は城の中庭のテーブルで日向《ひなた》ぼっこをしつつターニャに読み書きと掛《か》け算を教えていた。

ユリナさんも一緒《いっしょ》に中庭に出てお花畑でアッシュに花飾《はなかざ》りを作ってあげていた。

「ケイゴ、私もユリナと遊びたいよお」

「このページが終わったらな」

「そんなあ……、アッシュはいいな。お勉強しなくていいんだもん」

勉強に飽《あ》きたターニャが椅子《いす》で足をプラプラさせながら口をとがらせている。

「ペンで遊んではいけません」

「はーい」

俺はとがらせた口の上にペンを乗せているターニャを注意した。


日差しが気持ちよくて昼寝《ひるね》したくなってくる。ターニャの勉強が終わったらハンモックで横になろう。


ターニャとアッシュはユリナさんお手製の可愛《かわい》らしいパステルカラーの服を着ている。このユリナさんの作った服は子供服ブランドとして売り出されていた。

ガーベルの花を模したロゴ、『孤児《こじ》を救った貴族家が贈《おく》る子供たちを幸せにする服』というキャッチコピーが国内の富裕層《ふゆうそう》の間でウケた。子供服を買い孤児にプレゼント、上がった利益を孤児たちの生活費として還元《かんげん》するというチャリティー活動が一大ムーブメントとなっていた。

仕掛《しか》け人はもちろんサラサ。ユリナさんは服飾《ふくしょく》デザイナーとして広く知られるようになっていた。サラサは貴族女性をターゲットにした新ブランドをユリナさんと一緒に立ち上げようと画策しているみたいだ。


ターニャの勉強が終わって俺はハンモックに横になり透《す》き通るような青空をぼんやりと眺《なが》めてい

た。するとそこにジュノとエルザがやってきた。

「気持ちよさそうだね。ちょっと話があるんだけど聞いてもらっていい？」

俺は上体を起こし二人を見る。いつも仲良く手をつないでいる二人の姿を見ているとほのぼのする。

「うん。どうした？」

「実は……、俺たち結婚《けっこん》することにしたんだ」

ジュノは少し照れながらそう言った。エルザも幸せそうだ。

「ようやくか。おめでとう！」

正直驚《おどろ》きはしなかった。やっとかと思ったくらいで。

「え？　ジュノとエルザ結婚するの？　やるじゃない、このこの！」

「このこの〜！」

「ワンワン！」

娯楽《ごらく》の少ないこの世界では色恋沙汰《いろこいざた》は貴重なエンターテインメント。ユリナさんがジュノを肘《ひじ》で突《つ》っつき冷やかすと、それをターニャが真似《まね》してアッシュも大はしゃぎ。慣れたものでジュノは困った顔一つしない。

「すまん」

一応謝《あやま》っておく。ジュノは大丈夫《だいじょうぶ》のジェスチャー。するとエルザが。

「ねえケイゴ。あなたユリナとのちゃんとした結婚式まだ挙げてないんじゃない？」

「あー、確かにそうだったかも」

「ええ！　信じられない！　かもってどういうこと!?」

エルザの目が吊《つ》り上がる。

「いいのよエルザ。私全然気にしてないわ……」

対照的にユリナさんの眉毛《まゆげ》がへの字になる。そんな悲しい顔をしないでください。

「じゃあジュノたちと俺たちの結婚式一緒にやろっか」

俺の提案を聞いたユリナさんの顔がパッと輝《かがや》いた。

「やったね！　ユリナ！」

「さっそくサラサも呼んで結婚式の準備をしなくっちゃね」

「ユリナ、結婚？」

ターニャがユリナさんを見上げている。

「そう。ターニャもちゃんとおめかしするのよ？」

「はーい」

はしゃぐ妻たちに俺とジュノは顔を見合わせ「お互《たが》い大変だな……」とアイコンタクトした。


それからサラサを中心に女性陣《じょせいじん》が結婚式準備で盛り上がり、イトシノユリナの人々に大々的に告知をしているようだった。サラサ曰《いわ》く「貴族の結婚式は派手にやらないといけない」らしい。そんなもんかと思いつつ俺もバイエルン様やゲルニカ様、レスタの知り合いたちに招待状を書くことにした。
結婚式準備が着々と進む中、俺とジュノ率いる蒼玉狼隊《そうぎよくろう》で大滝《おおたき》のダンジョンに潜《もぐ》ることにした。
もちろんターニャとアッシュも一緒。ダンジョンで生まれるモンスターは定期的に討伐《とうばつ》する必要があり、結婚式で多くの要人が集まる前に片付けておきたかった。

大滝を抜《ぬ》けて奥《おく》へ進んでいくと、アースドラゴンのオーラを吸収したドラゴンクリスタルの淡《あわ》い光が地面を照らしていた。俺たちはダンジョンの中をクリスタルの光とカンテラの明かりだけを頼《たよ》りに進む。そして、前回アースドラゴンを倒《たお》した場所へと足を踏《ふ》み入れた。すると大きな足音とともに巨大《きよだい》なシルエットが浮《う》かび上がってきた。

【アースドラゴン：地属性の中位の竜《りゆう》。竜種の鱗《うろこ》による高い物理防御力《ぼうぎよりよく》、魔法《まほう》防御力。あらゆる状態異常耐性《たいせい》と強力なブレス攻撃《こうげき》を有する。保有スキル、地竜《ちりゆう》の息吹《いぶき》、地竜の障壁《しようへき》。地竜の息吹発動中および発動後、地竜の障壁は解除される。Ｌｖ２、体力１３１１、魔力《まりよく》１０２３、気力９６７、力１２１５、知能１１５３、器用さ９６７、素早《すばや》さ７６８】
【アースドラゴン：地属性の中位の竜。竜種の鱗による高い物理防御力、魔法防御力。あらゆる状態異常耐性と強力なブレス攻撃を有する。保有スキル、地竜の息吹、地竜の障壁。地竜の息吹発動中および発動後、地竜の障壁は解除される。Ｌｖ１、体力１２５６、魔力９８７、気力９２２、力１１８７、知能１１２１、器用さ９３２、素早さ７２８】

それは二体のアースドラゴンだった。ハイランデル王国との戦争を経て鑑定《かんてい》レベルが4になった結果、モンスターのレベルも看破できるようになっていた。以前倒した個体よりもステータスでは劣《おと》る個体だが二体同時。

アースドラゴン二体が、口に黄金色の光の粒子《りゅうし》を集め始めた。ブレス攻撃のモーションだ。俺一人では捌《さば》ききれない。

「ブレス攻撃がくるぞ！　ターニャは左、アッシュは右からアタックしろ！　他の隊員は俺の陰《かげ》に入れ。竜神《りゅうじん》の盾《たて》！」

俺がそう叫《さけ》び竜神の盾を展開、それと同時にターニャと巨大化したアッシュが敵の前に躍《おど》り出た。二人も魔力障壁を展開。

ゴパアアアア！

アースドラゴン二体のブレス攻撃が俺たちを襲《おそ》ってきた。ターニャとアッシュはその二つのブレス攻撃を真正面から受けた。でも俺たちの元へ届いたブレス攻撃は大した威力《いりょく》ではなかった。

「ヤッ！」

短く呼吸をしたターニャは宝剣《ほうけん》デルムンドを抜くと一閃《いっせん》。左のアースドラゴンを真っ二つにした。

同時にアッシュも右のアースドラゴンに接敵。右前足を振《ふ》り下ろす『神獣爪斬《しんじゅうそうざん》』で首をはねた。あの苦労したアースドラゴンが瞬殺《しゅんさつ》だった。

その後広間の安全を確認《かくにん》した俺たちは倒したアースドラゴンをその場で解体。イトシノユリナに持ち帰った。前回ゾディアック毒で倒したときとは違《ちが》い毒に侵《おか》されている素材はなかったのが嬉《うれ》しい。

【アースドラゴンの肉：この世の物とは思えないほどの美味な肉】
【アースドラゴンの血：万病に効くとされる霊薬《れいやく》の素材。強力な魔力を秘《ひ》めているため腐《くさ》りにくい。取り扱《あつか》い必要条件、錬金術《れんきんじゅつ》Lv10以上】

期待できる素材だ。他にもアースドラゴンの牙《きば》や鱗といった素材を得ることができたし、ついでに足元で淡い光を発しているドラゴンクリスタルも採取しておいた。

そして帰り道。

「こんなにすぐポップアップするなんてな」

どういうわけかモンスターはダンジョンで生まれる。そして今回倒したドラゴンのレベルは低かった。おそらく生まれてそんなに時間は経《た》っていない。前回この場所には今回倒した個体はいなかった。となるとこの入口に近い場所で最近生まれたと考えるのが自然だ。

「まあものは考えようだよ。素材を手に入れることができると思えばさ」

「確かにそうだけどこんな奴《やつ》が人里に降りてきたら大惨事《さんじ》になるぞ」

しばらくはダンジョン攻略《こうりやく》に明け暮れる日々が続きそうだ。


大滝のダンジョンから町に戻ると既《すで》に夕日が沈《しず》みかかっていた。

サラサにアースドラゴンの肉があると伝えたところかなり興奮気味の様子だった。試《ため》しにミディアムレアのステーキにして食ってみたが、今まで食べたどの肉よりも美味だった。アースドラゴンの肉は結婚式で出すことにしよう。

幕間　マネーは剣より強し

shousyaman no isekai survival

「行ってしまったな」

「そうですね」


時は少しだけ遡《さかのぼ》る。

場所はレスタの商業ギルド。二人はギルド長室で長机をはさみ向かい合っていた。

燃えるような赤い髪《かみ》をオールバックにした風格のある壮年《そうねん》の男は、商業ギルド長アラン。サラサの父である。シルクハットに丸眼鏡、白手袋《てぶくろ》にステッキ、革靴《かわぐつ》という英国紳士《しんし》的な装《よそお》いの猫獣人は副ギルド長のディーン。アイリスの父親だ。二人は若い頃《ころ》から行商人として成り上がり、今の地位まで上り詰《つ》めた。

そして新しくできたイトシノユリナに今日二人の娘《むすめ》が旅立った。商人として大成するためとはいえ父親にとっては寂《さび》しいものだった。

「サラサにレスタを去るなら俺《おれ》が店の面倒《めんどう》を見ようかと聞いたが断られた。弟子《でし》に店を任せて商会の支店にするそうだ。態度だけならもう大商人だわな」

「ふふ。うちのアイリスも全く同じことを言っていましたね」

「なんでうちの娘はこんなに激しいんだ？」

「……それは貴方《あなた》が焚《た》きつけたのでしょう。サラサお嬢様《じょうさま》とアイリスがままごとをしていたら突然《とつぜん》貴方が『商人たるもののライバルが必要だ』と言い出して。それから二人に銀貨一〇枚を渡《わた》し『これを一〇日以内により多く増やした方が勝ちだ。勝った方に金をやる』と」

「そうだったか？　覚えてねーな！」

「それがきっかけで商人を目指すようになったんですよ」

「じゃあ俺は間違《まちが》ったことをしちゃいねえ」

「ええ全くもって」

　そこでお茶を飲む二人。

「そういやうちのサラサがマルゴと結婚《けっこん》するときアイリスが祝い金をもってきたな。サラサには内密にしてほしいとかなんとか。カワイイとこあるじゃないの」

「そうですね」

　ディーンは目を細め嬉《うれ》しそうな顔で猫髭《ひげ》を揺《ゆ》らす。

「ケイゴオクダとは何者なんでしょうか。コボルトキングを討《う》ち果たし平民ながら騎士《きし》貴族になった」

「ここだけの話な？　町で突然出回りだしたファイアダガーとウォーターダガーは、実は全《すべ》てケイゴオクダが作ったという噂《うわさ》がある」

「なるほど。では我々も彼《かれ》の品定めをしておくべきでしょう。あくまでギルドの仕事としてね」

それから二人は幾度《いくど》となくイトシノユリナに顔を出した。もちろん可愛《かわい》い娘たちがしっかりやっているか心配だということもあるが、新しい町に商売の匂《にお》いを感じたということが最大の理由だった。

そして、その予想は的中した。

ウォーターボードを使った上下水道。工業地区、商業地区、居住地区と用途別《ようとべつ》に土地を分けた環《かん》境《きょう》に配慮《はいりょ》した町づくり。ブルーウルフが町を守るという前代未聞《ぜんだいみもん》の状況《じょうきょう》。常人には到底《とうてい》不可能なアースドラゴンの討伐《とうばつ》に成功したという噂もある。レスタで虐《しいた》げられ生きる希望を無くしていた子供たちが笑顔《えがお》で大人たちを手伝っている。

活気と希望に溢《あふ》れた町の姿を見て自分たちの目に狂《くる》いはないと思った。

そんな夏のある日、北のハイランデル王国と戦争をするため、ケイゴオクダ率いる蒼《あお》の団が出陣《しゅつじん》することとなった。アランとディーンは商業ギルドの立場ある者としてハイランデル王国に出入りしている商人にも伝手《つて》がある。確信には至らないものの微妙《びみょう》な違和《いわ》感を覚えていた。

「物や金の流れが例年とは違《ちが》う気がする。どう思う？」

アランが書類をディーンに渡して聞く。それを素早《すばや》く読んだディーンは。

「この情報だけでは断定できないかと。しかし相場の動きが不自然にも思えます。警戒《けいかい》するにこしたことはないでしょう。私は他のギルドに知らせを走らせます」

そう言ったディーンは執務室《しつむしつ》へ戻《もど》っていった。そしてアランとディーンが書類を見て感じた違和感は杞憂《きゆう》に終わることはなかった。


「入ります！」

アランの執務室のドアが勢いよく開かれ、ディーンが入ってきた。

「アラン。バイエルン様から伝令です。ハイランデル王国軍の猛攻《もうこう》によりバラン砦《とりで》が陥落《かんらく》したそうです」

ディーンが淡々《たんたん》とアランに告げる。有事だからこそディーンは冷静沈着《ちんちゃく》を保つ。アランはディーンの手から書類をひったくると急ぎ目を通した。

「商人たちに通達。持てるだけの物資を荷馬車に積み、南のイトシノユリナに避難《ひなん》だ。穀倉から食糧《しょくりょう》を可能な限り持ち出すよう厳命されている。全員総出で運べ」

「承知」

ディーンはそう言うと踵《きびす》を返した。

「……」

アランはイトシノユリナで商人として奮闘《ふんとう》しているだろう愛娘《まなむすめ》の顔を思い浮《う》かべる。それからすぐに伝手を総動員して商人仲間に手紙を書いた。

「どう計算しても食糧と仮設テントの備蓄《びちく》が足りないわ」

「ポーションの備蓄量も絶望的だにゃ」

サラサとアイリスは来《きた》る戦いに備え物資の流通調達を一手に担《にな》っていた。彼女《かのじょ》たちは蒼の団本部の一室に詰め、商会幹部らと共に書類と格闘《かくとう》していた。しかし想定している兵士や避難民の数に比べ明らかに物資が不足していた。それに王や周辺列侯《れっこう》に仕える大商人たちもこの町に避難してくる。イトシノユリナでの商《あきな》いはサラサとアイリスが取り仕切るルールだとはいえ、商会を構えたばかりの自分たちを実力不足と見る者も少なくないはず。全員が暗い表情になるのも当然のこと。

「お嬢様方、お悩《なや》みの様子だねえ？」

「失礼しますよ」

「え⁉　パパ？」

「サラサうるさいにゃ、気が散るにゃ。にゃにゃ？　とーちゃん！」

先に気が付いたのはサラサ。続いて耳をピーンと立てたアイリスが動物的な反応速度でディーンに飛びついた。

「お前たちにプレゼントをもってきたぞ」

アランが紙の束をサラサの前に置く。

「これは……？」

「何にゃのにゃ？」

サラサが紙束を手にとり目を通すとみるみる驚《おどろ》きの表情となった。

「何だろうねえ、当ててみ」

「それは私とアランが長年の商売の伝手を駆使《くし》して集めた、ランカスタ中の物資を記載《きさい》したリストですよ。しばらくすればこの町に運ばれる予定です」

「言っちゃったよ。堅物《かたぶつ》は面白《おもしろ》みに欠けるねえ」

涼《すず》し気な顔でアイリスの問いに答えるディーン。アイリスはサラサから紙束をひったくった。

「凄《すご》いにゃ……。これだけの物資があれば何とかなるかもにゃ。みんにゃ計算しなおしにゃ！」

「「にゃっ！」」

アイリスの部下がリストの分析《ぶんせき》作業を始めた。


「パパ、ディーン。本当にありがとう」

サラサは感極《かんきわ》まって涙声《なみだごえ》になった。

「サラサ泣いてる場合じゃねえ。戦争の勝敗は殆《ほとん》ど準備で決まるからな。この部屋俺たちも使わせてもらうぞ？」

「パパ……」

アランが百戦錬磨《ひゃくせんれんま》の商人たちに号令をかけると、彼らは部屋の中に次々と机や書棚《しょだな》を運び込《こ》んだ。

アランたちの加入により指揮所は一気に活気づいた。

その後王国中の商人たちは、一致《いっち》団結してハイランデル王国との戦争準備に当たり勝利を掴《つか》む。大商人たちが指令役のサラサに文句を言わず従ったのは、バックにアランがいたからということが大きかった。剣や魔法《まほう》という華々《はなばな》しい表《おもて》舞台《ぶたい》の裏側には人知れず紙とペンと計算機を武器に戦う商人たちの姿があった。

k-243

結婚式《けっこんしき》当日の朝を迎《むか》えた。

俺は隣《となり》で眠《ねむ》るユリナさんにキスをする。いつも通りの朝。ユリナさんと過ごす夜は何度目になるのかもう覚えていない。もう新婚とは言えなくなったけど、今日は結婚式があるので少し新鮮《しんせん》。こうやって一緒《いっしょ》に過ごす期間が長くなればなるほど刺激《しげき》は少なくなるが、その分安心が増える。安心が増えすぎると今回のようなちょっとした刺激が嬉しかったりする。こんなふうに夫婦《ふうふ》関係は少しずつ熟成していくものなんだろう。

「おはようユリナさん、水飲むかい？」

「うん、ありがと」

俺はサイドテーブルに手を伸《の》ばし、コップに水を注ぎユリナさんに渡す。

それからベッドを抜《ぬ》け出した俺とユリナさんは並んで顔を洗い歯を磨《みが》く。アッシュが足元でうろちょろし、お寝坊《ねぼう》のターニャはまだ夢の中。いつも通りの朝。

朝食を終えた俺とユリナさんはタキシードとドレスに着替《きが》え教会へ向かった。

教会に到着《とうちゃく》すると既《すで》に多くの人が集まってくれていた。続いて正装姿のジュノとドレスアップしたエルザも到着。

祭壇《さいだん》に立つシャーロットを見ると、すぐ近くにグラシエス様とアンリエッタ様が一緒に並んでいた。

結婚式は貴族だからといって特別派手な演出はしなかった。俺たち四人の前に立つシャーロットがグラシエス教の結婚観のようなものを読みあげている。どうやら近くに本物の神様がいるからかシャーロットは少し緊張《きんちょう》しているように見える。

「では誓《ちか》いの儀式《ぎしき》に入ります。ケイゴオクダ汝《なんじ》は妻ユリナを愛することを誓いますか？」

「はい」

「ではユリナ、汝は夫ケイゴオクダを愛することを誓いますか？」

「はい」

「それでは神の前で誓約《せいやく》を交《か》わしてください」

俺はドレス姿のユリナさんと向かい合う。

「あなたを生涯《しょうがい》愛します。私の大地となってください」

「私もあなたを生涯愛します。私の太陽となって大地を照らしてください」

「では誓いのキスを」

俺はユリナさんのヴェールを持ち上げキスをした。

「これで二人は正式な夫婦として認められました」

パイプオルガンの音が段々と大きくなり演奏が終わると、参列者から大きな拍手《はくしゅ》が沸《わ》き起こった。


「続けてジュノとエルザ。前へ」

「「はい」」

続いてジュノとエルザの宣誓《せんせい》と誓いのキスが行われた。熱烈《ねつれつ》なキスが交わされた瞬間《しゅんかん》、会場から「ギャーー!」と叫《さけ》び声が上がり誰《だれ》かが担架《たんか》で運ばれていった。

それから新婦となったユリナさんとエルザが投げたユリファのブーケが式場に舞《ま》った。それをキャッチできたのはアイリスとメアリーだった。


その後、町を挙げての祝賀パーティが始まった。

パーティではアースドラゴンのステーキが振《ふ》る舞われた。日本で取引先を接待した時とってもお高い牛肉を食べたことがあるが、それも含《ふく》めて全く味わったことのない極上《ごくじょう》の美味《うま》さだった。それは食べた全員が思ったようだった。

「ケイゴちょっといいかにゃ?　このステーキのことで相談があるのにゃ」

初めて食べたアイリスがお金に眩《くら》んだ目をしていた。

「あーらなんか泥棒《どろぼう》猫くさくないかしらあ？　育ちの悪い猫さんがどこかに隠《かく》れているみたい」

「な、な、なんにゃって‼　サラサいい度胸だにゃ。オモテへ出ろだにゃ‼」

顔を真っ赤にして怒《おこ》るアイリス。

「あらアイリスこんなところにいたの。うっわ小っさ。小っさすぎて視界に入らなかったわ。ステーキをお情けで分けてあげようと思ったのに残念ね。あなたの分はもうないわ」

「キシャー‼」

サラサとアイリスのいつものやりとりが始まった。

「アイリスお祝いの席でみっともない真似《まね》はやめなさい」

「アイタ！　父ちゃん……」

近くの席で酒盛りをしていたディーンさんがステッキでアイリスの頭を叩《たた》いた。怒られたアイリスの耳が垂れ、涙目《なみだめ》になる。

「なあケイゴ。俺にもこのステーキの商売かませてくれねえか？　ハイランデル王国との戦《いくさ》の貸し、忘れたわけじゃねえよな？」

「は、はあ……」

酔《よ》っぱらって俺の肩《かた》に手を回すアランさん。酒くせー。

「パパやめてみっともない！」

今度はアランさんがショックを受ける番だった。

「サラサ、パパはみっともなくないぞ！　小さい頃はパパと結婚するって言ってたじゃないか！」

「もうやめてよパパ！　気持ち悪い」

慟哭《どうこく》のサラサ父。そこへユリナさんと手をつないだターニャがやってきた。

「アイリスよしよし。アイリスもいい子にしてたら王子様と結婚できるんだよ！」

ユリナさんの言葉を真に受けていたターニャがションボリしているアイリスの頭を撫《な》でた。

「にゃ……にゃにを言っているのにゃ！　ボ……ボクはまだ好きな人すらいないのにゃ！　ターニャ適当なことを言うんじゃないにゃ！」

無様に動揺《どうよう》するアイリス。一生懸命《いっしょうけんめい》否定するアイリスの耳はピンと立ち、顔がトマトみたいに真っ赤になっている。まさか蒼の団の誰かじゃないよね？

「どれ私の剣の錆《さび》になりたい不逞《ふてい》の輩《やから》は何処《どこ》かね？」

可愛いステッキを両手にもち刃《やいば》を抜き放つディーンさん。目が全く笑ってない。殺人猫とか怖《こわ》いのでやめてください。

そしてディーンさんの近くでリストラされたサラリーマンのような哀愁《あいしゅう》を漂《ただよ》わせている人は……。

「バラックさんじゃないですか。怪我《けが》なかったですか？」

「ええなんとか。さっきは突然失礼しました……」

式の最中担架で運ばれていたのはバラックさんだった。娘が男と熱烈なキスをするというショッキングシーンを見て失神してしまったらしい。肝《きも》っ玉《たま》母ちゃんといった感じのエルザ母が情けないと嘆《なげ》いていた。

そんなドタバタの中パーティはスタートした。

式にはゲルニカ様、参謀《さんぼう》総長のシルフィード様、バイエルン様をはじめ多くの貴族たちが駆《か》けつけてくれた。レスタからは冒険者《ぼうけんしゃ》ギルドのシュラク、ダン、カイ先生、小屋を管理してくれているジョバンニさん、解体屋のおっちゃん、ユリナさんとの逃亡《とうぼう》劇を見送ってくれた門衛さんたちが来てくれた。懐《なつ》かしいメンツとランカスタ語で話すのは初めてで新鮮だった。

俺たちホスト側が中心となってステージを盛り上げた。

歌、踊《おど》り、マンザイ。マンザイはうちの男どもがパンツ一丁になって右手を振り下ろす動作を繰《く》り返しつつ決まり文句を連呼するという、よくわからないものだったがウケていた。厳密にはマンザイじゃないけどこの世界ではマンザイの意味を知る者はいなかったし元ネタを知る者もいない。

他には団員に『リュートザムライ』なるリュートを弾《ひ》きながらひたすら他人をディスり続けるというマンザイを仕込《しこ》んだ。『リュートザムライ』はディスられた側が必ずキレてリュートザムライと乱闘騒《らんとうさわ》ぎになるという、この世界オリジナルの喧嘩芸《けんかげい》的な要素が足されていた。

このままでは部下に宴会芸《えんかいげい》を強要するただのパワハラ上司になりかねなかったので、俺も何かを披露《ひろう》することにした。前にマルゴとサラサの結婚式で歌った歌を歌おう。俺は木工職人にリュートを改良して作ってもらったアコギを持ち出し、ＣＭでお馴染《なじ》みのあのウエディングソングを歌った。

それから俺は今までランカスタ語で会話することができなかった懐かしい顔ぶれと語り合った。言葉を交わしたからこそ、その人の新しい側面を見つけることができた。俺はただただ嬉しかった。

結婚式は俺たち夫婦にとってとても新鮮で、新婚の気持ちを思い出させてくれた。最近マンネリ気味だった夫婦関係も一気に盛り上がった。

k-244

祝賀パーティは二日連続で続き、その後各々《おのおの》の町へと帰っていった。

イトシノユリナは昨日の幸せの余韻《よいん》を残しながらも日常に戻っていった。俺もアースドラゴンの素材で何か新しいものを作ることにした。

【アースドラゴンの血：万病に効くとされる霊薬《れいやく》の素材。強力な魔力《まりょく》を秘《ひ》めているため腐《くさ》りにくい。
取り扱《あつか》い必要条件、錬金術《れんきんじゅつ》Lv10以上】

これを用いてポーションを作ってみよう。

魔力を込めつつ様々な種類の薬草を煮込《にこ》み、最後にアースドラゴンの血を垂らす。しかし中々上手《うま》くいかない。

そして何度か薬草の種類や量を変えてトライ&エラーを繰り返していると、イレーヌ薬草、ムレーヌ解毒草、ベルジン魔力草を一：三：二の割合で調合したとき液体が銀色に変化した。

「おお、できたっぽいな」

【霊薬エリクシス（二）：あらゆる難病を治癒《ちゆ》する霊薬の未完成品。体力、魔力、気力回復効果（極大二）、状態異常回復効果（極大二）、部位欠損修復効果】


『個体名：奥田圭吾《おくだけいご》は、錬金術Lv13を取得しました』

『個体名：奥田圭吾は、錬金術Lv14を取得しました』

『個体名：奥田圭吾は、錬金術Lv15を取得しました』


ドラゴンの血を材料にしたポーションのことだけはある。（二）とあるのは未完成品だからということらしい。いつか完成品をつくりたい。

俺は霊薬をビンに詰めるとキシュウ先生に見てもらうことにした。


「これは……、もしかすると不治の病と言われているものがいくつか消える可能性があるぞ……！」

霊薬を見たキシュウ先生が驚いていた。少量の霊薬を試飲し効果を確認《かくにん》していると、急に辺りが騒がしくなった。

「子供が死にかけてる！　助けてくれ！」

元ギャングのジョニーが血相を変えて病院に入ってきた。今ではジョニーとその子分たちは各町で行商をしながら孤児《こじ》を保護する活動をしていた。

「落ち着け。担架でベッドに運ぶんだ」

「了解《りようかい》した！」

俺とジョニーで少女をベッドに運び治療《ちりよう》を始めた。その少女は肺から変な音をさせていた。熱もある。呼吸器疾患《しつかん》のように思える。

「先生、肺炎《はいえん》を起こしているようです」

「ああ。そして首筋にまだら模様の発疹《ほつしん》がある。これはB級難病に指定されているジキウス肺炎の特徴《とくちよう》だ。発症《はつしよう》が確認された場合は直ちにロックダウンすべきとされている。だが喜べ。お前の薬のおかげでそれも変わるかもしれん」

キシュウ先生がニヤリと笑った。

俺はすぐに町をロックダウンさせ、霊薬エリクシス（二）を作り続けた。霊薬を飲んだ少女は数時間後には回復し、翌日には一人で立って歩けるようになっていた。治る病気であることが確認された時点でロックダウンは解除することができた。


それから俺たちは大滝《おおたき》ダンジョン攻略《こうりやく》に明け暮れた。

ダンジョンには爬虫類《はちゆうるい》系モンスターが生息しており、アースドラゴンが一番の強敵だった。調査の結果、討伐後一定の周期で再び別の個体が複数のポイントから生まれることがわかった。またポップアップするのはアースドラゴンだけではなく、宝箱もランダムにポップアップするようだった。宝箱の中には金銀宝石が入っていることが多かった。

つまり俺たちは、定期的にアースドラゴンの素材や金銀宝石を手に入れることができるようになったということだった。

そこで俺たちはアースドラゴンの素材を使い蒼の団の装備を一新することにした。俺もマルゴの工房《こうぼう》で装備製作を手伝った。こうしてできたアースドラゴン素材の武器防具は間違いなく一級品。一《いっ》介《かい》の兵士が装備してよいものではなかった。

また武器製作の過程で得た竜鉄《りゅうてつ》によって竜神《りゅうじん》の像の量産が可能となった。ゼラリオンの呪《のろ》いを打ち消す効果があるため王国貴族たちはこぞって買い求めた。バイエルン様もレスタの教会に竜神の像を設置。グラシエス教の布教に協力してくれた。

アースドラゴンの肉が定期的に手に入ることも大きかった。先日の結婚式でドラゴンステーキの虜《とりこ》になった人は多い。エルザの宿屋でかなりの高値で出しているものの、一瞬《いっしゅん》で売り切れる有様だった。サラサは氷魔法の使い手に冷凍《れいとう》させた肉を王都まで運びステーキ屋を開くと言っていた。

霊薬エリクシスの研究をするにも材料がないと始まらないのだが、その問題も解決した。俺は霊薬の研究に没頭《ぼっとう》した。そして試行錯誤《さくご》を重ねること数週間、錬金術レベルが二〇になったと同時に。

【霊薬エリクシス：あらゆる難病を治癒する霊薬。体力、魔力、気力回復効果（極大）、状態異常回復効果（極大）、部位欠損修復効果】

霊薬エリクシスが完成した。

第二章 セト

shousyaman no isekai survival

k-245

もうそろそろ長袖《ながそで》は暑いかなと思う、そんな季節。

ユリナさん、サラサ、エルザが妊娠《にんしん》し、キシュウ先生の病院で出産することになった。

この世界では原則出産に男性が立ち会うことは厳禁とされており、医師のいない村落などでは経験豊富な産婆《さんば》さんが赤子を取り上げるのが通例となっている。この町でもそれは同じなのだが、何かあった時のためにキシュウ先生に立ち会いをお願いしている。

俺《おれ》もキシュウ先生の弟子《でし》という立場ではあるが、出産に立ち会うのはさすがに妊婦《にんぷ》さんが嫌《いや》がるだろうと思い遠慮《えんりょ》している。

サラサやエルザの出産が始まると、俺もマルゴやジュノと一緒《いっしょ》に待合室で待つことにした。マルゴとジュノは妻の叫《さけ》び声を聞く度《たび》に落ち着かない様子でウロウロと待合室の廊下《ろうか》を行ったり来たりしていた。

ユリナさんの出産には俺も立ち会った。分娩室《ぶんべんしつ》でずっとユリナさんの手を握《にぎ》りラマーズ法を繰《く》り返した。

そして三人の赤ちゃんが生まれた。

俺とユリナさん、マルゴとサラサの間には男の子、ジュノとエルザの間には女の子が生まれた。

こちらの世界では赤ちゃんが生まれると、教会に洗礼と命名をお願いする決まりになっている。命名は自分たちで考えた名前をつけてもらうことも可能だそうで、俺たちの子供にはユリナさんのお兄さん「セト」と名付けることにした。ちなみにマルゴとサラサの子供はゲイル、ジュノとエルザの子供はリンと名付けられた。

シャーロットは竜鉄《りゅうてつ》製の聖杖《せいじょう》を赤子にあて祝福の魔法《まほう》をかけた。

「祝福の魔法はセトが一四歳《さい》の成人を迎《むか》えるまで病魔《びょうま》を退けてくれるでしょう。健《すこ》やかに育ちますように」

「ありがとう、シャーロット」

それから俺とユリナさんはグラシエス様に祈《いの》りを捧《ささ》げセトの成長と幸せを願った。

k-246

俺たちはボーラシュ平野の復興と同時に様々な改革を進めた。

まず金融《きんゆう》システムや税金に手をつけた。今までのガバガバな資産管理を改め領民一人一人に番号を振《ふ》り分け住所、世帯構成、資産と紐《ひも》づけた。金と交換《こうかん》できる領内で使用できる紙幣《しへい》の発行、預金、融資《ゆうし》などの銀行業務を領営で行い、起業促進《そくしん》と経済発展をはかった。


お次は教育。領内のほとんどの子供が字を読めない。そこで小学校を作り読み書きや四則演算、歴史を教えることにした。また王都から研究者を雇《やと》い大学と図書館を作り俺も研究に参加。「魔法の生活への応用」をテーマに研究を進め、書物にまとめた。図書館は領民であれば誰《だれ》でもタダで使えるようにした。

そして輪作農法の導入や新しい農具、新しい肥料の導入。

さらにはサスペンションをマルゴと合作。サスペンションつき馬車を開発した。それを土台に、サラサはクッションやスペースにこだわった機能性を重視、アイリスはユリナさんに可愛《かわい》いデザインを依頼《いらい》し取り入れるなど、デザイン重視の路線でそれぞれ開発を進めている。

そして俺も趣味《しゅみ》を兼《か》ねて新たな酒やグルメの開発を進めていた。

俺は個人的に町の酒造所や契約《けいやく》農家に金貨四〇〇〇枚分の投資をした。俺にとって美味《うま》い酒や美味《お》しい食べ物の追求は是《ぜ》が非でもやりたいことの一つだった。

契約農家にはサラサを通じて種を仕入れ、新しい野菜を栽培《さいばい》することや大豆から醤油《しょうゆ》やミソを作るなどの研究をさせた。結果ワサビに似た植物が見つかり、ワサビ醤油で刺身《さしみ》を食べることができるようになった。

酒造所では職人たちを集め日本酒、焼酎《しょうちゅう》、ワイン、ウイスキー、クラフトビール、シャンパンなどなど。元の世界の美味しいとされる酒の味とその製法をわかる限り伝え、実際に俺自身も酒造りに参加した。

自分たちでこだわり抜《ぬ》いて造った酒を燻製《くんせい》や刺身を肴《さかな》にやる瞬間《しゅんかん》は最高に幸せだ。邪教《じゃきょう》などなければ、俺は酒造りを趣味に一生だらだら楽しく過ごせる自信がある。早くそんな世の中になってほしいと願うばかりだ。


そしてクラフトビールがいい感じに仕上がった頃《ころ》のこと。俺が始めた酒造りをサラサとアイリスが見逃《みのが》すはずもなかった。

アイリスはチェリービールに似た爽《さわ》やかなクラフトビールの完成にいち早く気が付いた。醸造所《じょうぞうしょ》に併設《へいせつ》したバーでチェリービールの専売契約書《けいやくしょ》にサインしようとしていたまさにその時、バーのオシャレなドアが物凄《ものすご》い音とともに蹴《け》り飛ばされサラサが入ってきた。

「さあケイゴ、さっさとサインするにゃ」

いやなんか物凄くおっかない人が睨《にら》んでますが……。

「無視するんじゃないわよ、色ボケ猫《ねこ》！　ケイゴ、どういうこと？　あんたまさか……浮気《うわき》⁉」

なぜそうなる。

「アイリスがチェリービール売ってくれっていうもんだからさ。こういうのは早いもん勝ちだろ？」

「あんまりだわ！　私というものがありながら！」

「色々と問題があるからやめろ」

「というわけでケイゴサインにゃ」

サラサラサラ、ほいっと。

「ああっ！　ケイゴの浮気者《うわきもの》！」

「やめろ。違《ちが》う酒も今試作中だから出来たら次声かけるよ」

「んむむ！　まあそれならいいわ！」

これにて一件落着、と思いきや。

「元気にしてたかお前たち！　お！　美味そうな酒だな。ゴクゴクゴクプッハー！　おいおい滅茶《めちゃ》苦茶《くちゃ》うめえじゃねえか！　なあこれ俺にも売ってくんない？」

「パパ！」

いつの間にかいたアランさんが樽《たる》からチェリービールをついで一気飲み。

「何してんすかアランさん」

「いやー、ドラゴンステーキの味が忘れられなくてよお。きちゃった」

「きちゃった、じゃないでしょ！」

こんなんがギルマスで大丈夫《だいじょうぶ》かレスタの商業ギルド。

「まあアランさんが飲む分くらいだったらあげますよ」

「ありがとう！　さてさて俺はこれからステーキを堪能《たんのう》せねば……」

ヨダレ垂らすのやめろ。

「やはりここにいましたか、さあ帰りますよ」

「とーちゃん！」

アランさんの首根っこをむんずとつかんだディーンさん。「俺のステーキがあああ！」と叫ぶアランさんを強制連行していった。

「お前らの父ちゃん愉快《ゆかい》だな。二人によく似てるよ」

「「……」」

自分たちが他人からどう映るかを見てしまった二人は、妙《みょう》に冷めた表情をしていた。


こんな感じで酒の開発は順調に進んでいる。

美味い酒は貴族がどんなに大枚をはたいてでも買いたいと思う商品。今日来た四人はその貴族たちに酒を売る商人だ、酒の目利《めき》きも確かだろう。商人が競い合い市場価値を付けることで俺たちが造る酒の正当な評価が下り製造の方向性も決まる。

酒の価値を測るのが「金持ちに売れるかどうか」という最も公平な基準だからこそ、俺たちは安心して高品質な酒造りに没頭《ぼっとう》できるというものだ。

k・247

ハイランデル王国との戦争以降、蒼《あお》の団はどんどん成長していった。俺たちの活躍《かつやく》を聞いた腕《うで》に覚えのある者が国内外から集まってきたのである。単純な兵力不足で泣く泣く開発を諦《あきら》めていた土地にも手を伸《の》ばすことができるようになった。

海、山、森林地帯。領内にはまだまだ人の手が入っていない場所が沢山《たくさん》ある。資源も未知数だ。開発した土地は村となりやがて町へと発展していくだろう。

実際にここから東にサンチェスという寂《さび》れた漁村があり、そこに資材と人員を投入し貿易港として再開発を急いでいるところだ。


外国との貿易も探《さぐ》り探りだが始めている。

貴族の立場を捨て放浪《ほうろう》の旅に出たハインリッヒが各国とつないでくれた。

今のところ北のハイランデル王国、ここから南に位置する三国、メキア王国、トラキア商業国家連合群、ガンド王国と手紙のやりとりを通じて交流している。

ハイランデル王国とは遺恨《いこん》もあるが、ヴァーリに誘導《ゆうどう》されていたという事情もある。ここで変に敵対的な態度をとるのは後々のことを考えると良くないと思った。

メキア、ガンドとはまだ交易はしていない。トラキアは動きが早く既《すで》にこちらに大商隊を送ったそうだ。メキア、ガンドには今日中にも使節団を出すので、交易品をもたせるつもりだ。

ハインリッヒの手紙によると、メキア王国は三国の中では西に位置する森深い国で、高度な魔法技術がある国。ガンド王国は三国の中では東に位置する鉱山立国で鍛冶《かじ》技術が発達している国。トラキアはその中間に位置する砂漠《さばく》のオアシスに出来た商業国家連合群で、ランカスタ、メキア、ガンドそして海外の国家とも広く交易している国なのだそうだ。

俺の本当の目的は交易を通じて経済発展をすることはもちろん、グラシエス教を布教することだった。

そして今日トラキアの大商隊とともにハインリッヒがイトシノユリナに帰還《きかん》した。サラサとアイリスは大きなビジネスチャンスを前に鼻の穴を膨《ふく》らませている。

大商隊を率いていたのはトラキア商業国家連合群の大商人で代表国家元首のラフィット氏だった。ラフィット氏は褐色《かっしょく》の肌《はだ》にターバンと煌《きら》びやかな宝石を身に着けた美丈夫《びじょうふ》。美女たちに囲まれて爽やかな笑顔《えがお》を振りまいている。まぶしすぎて目が眩《くら》みそうだ。

「ケイゴ、こちらがトラキア商業国家連合群の代表国家元首ラフィット様だ」

ハインリッヒが取りもってくれた。

「ラフィット様、本日はお越《こ》しいただきありがとうございます。お初にお目にかかります。私はこボーラシュ平野一帯の統治を任されておりますケイゴオクダと申します」

「初めましてケイゴ！　そう畏《かしこ》まらずに僕《ぼく》のことはラフィットと呼んでくれたまえ！」

「そうですか。ではラフィット、これからもよろしくお願いします」

俺はゴージャスなスマイルに圧倒《あっとう》されながらもラフィットが差し出してきた手を握り返した。

「では皆《みな》さんが泊《と》まる宿に案内しますね」

俺はラフィットたちをエルザの宿屋に案内することにした。


「おお！　兵士たちの装備素晴《すば》らしいです。是非欲《ぜひほ》しいですね！」

「すみません……、あれは売り物ではないんですよ」

「何と！　それは残念」

ラフィットはさすがと言うべきか、団員が装備しているアースドラゴン素材の武器防具が欲しいと言ってきた。この世界では強い武器防具は兵器。おいそれと渡《わた》せるものではない。

「まだまだ良い商品がありますから。期待してください」

「それは素晴らしいね！　楽しみにしているよ」


サラサ、アイリスにそれぞれ取り扱《あつか》っている商品の説明を受けたラフィットは大量買い。逆にラフィットはシルクをもってきており、それらを全《すべ》て買い取ることにした。お互《たが》い今後も陸路での交易を行おうということになった。さらに開発中のサンチェス港の話をしたところ、船舶《せんぱく》貿易はもちろん漁港の開発を手伝いたいと申し出てくれた。サンチェスに駐在員《ちゆうざいいん》を派遣《はけん》してくれると言っていた。ラフィット意外にいい奴《やつ》。

そしてラフィットたちはイトシノユリナに一週間ほど滞在《たいざい》し南の国へと帰っていった。

実はラフィットの相手をしている傍《かたわ》ら俺は一つの案件を抱《かか》えていた。

バイエルン様からハインリッヒがこちらへ戻《もど》ったら一度レスタに寄るよう伝えてほしいと、頼《たの》まれていたのである。何でもハインリッヒには貴族の許嫁《いいなずけ》がいるのだそうだ。お家騒動《いえそうどう》で一旦《いったん》破談になっていた結婚話《けつこんばなし》も、バイエルン様が改めて後継者《こうけいしや》としてハインリッヒを認めたため結婚話が復活。そして不肖《ふしよう》の息子《むすこ》には「ライラがとてもとても怒《おこ》っている。お前の家で待っている」とだけ伝えれば十分だと書かれていた。

「貴様もしつこいな。俺は自由に生きる。もはや貴族の身分などというくだらんものに未練はない」

「まあ聞け。バイエルン様から伝言だ。『ライラがとてもとても怒っている。お前の家で待っている』だそうだ。俺には何のことかさっぱりだけど」

自信満々で偉《えら》そうだったハインリッヒの表情が急速に青ざめ、歯の根がガタガタいい始めた。

「わ、悪いが私はこれで失礼する。ジル！」

「は！」

そしてハインリッヒはどこに行くとも言わず馬に乗って去っていった。どこに行くつもりなのかはバレバレなわけだが。ハインリッヒを待ってくれているという時点で、顔も知らないライラさんはとてもよくできた女性なのだと自信をもって言うことができる。

「自分の大事な女をほったらかしにして自由を論じるなど一〇〇万年早いわな」

かくいう俺も過去全ての人間関係を捨てて農村に引きこもっているので、ハインリッヒのことをとやかく言えた義理ではないんだけどな。

k・248

新しい家族が増え、アッシュはすっかりセトのお兄ちゃんを気取っていた。セトがおしめにウンチをしたらすぐに吠《ほ》えて教えてくれるし、この間はセトが熱を出しているのも教えてくれた。アッシュは本当にいい子だ。逆にターニャはユリナさんがセトにかかりっきりなのが面白《おもしろ》くない様子。

「ユリナは私のなの！　ユリナを独り占《じ》めするセトなんか大っ嫌《きら》い！」

ターニャがセトからおしゃぶりをとって意地悪し、セトがビービー泣きだした。それを見ていたユリナさんが激怒《げきど》。

「ターニャ！　なんてことするの！　セトに謝《あやま》りなさい！」

「いや！　セトなんていなくなっちゃえばいいのよ！」

「ターニャ！」

パン！　とターニャの頬《ほお》をぶつユリナさん。普段喧嘩《ふだんけんか》などしたことがないので俺とアッシュはオロオロ。ターニャは驚《おどろ》きの表情となり、やがて大粒《おおつぶ》の涙《なみだ》がポロポロとこぼれ始めた。

「ユリナが、ユリナがぶった……。セトもユリナも、みんなみんな大っ嫌い！」

そう叫んだターニャが城の窓から出ていった。それをアッシュが追いかける。さすがは勇者と神獣《しんじゅう》。ここは城の四階なので、二人とも空を歩いてのダイナミックな家出である。やれやれ。

「ユリナさんは間違《まちが》ってないよ、俺がターニャを連れ戻してくるから待ってて」

初めてターニャをぶってしまったことにショックを受け、ユリナさんは寝込《ねこ》んでしまった。

「私、なんてことを……」

それからしばらく町の中を捜《さが》していると、アッシュを抱《だ》っこしたターニャが教会の裏の木陰《こかげ》でうずくまっていた。俺はターニャの前にしゃがむと。

「ターニャ、ユリナさんとセトにゴメンナサイしなきゃな。ちゃんと謝れば許してくれるさ」

「ケイゴ……。ヒグッ、エグッ。ごめんなさい……」

あーあ。抱っこしたアッシュの頭が涙と鼻水でベトベトになっているよ。それでもアッシュは大人しく抱っこされていた。俺はターニャと一緒に手をつないで城に帰った。

そんな感じでイクメンをしている俺の元に、ゲルニカ陛下から晩餐会《ばんさんかい》の招待状が届いた。基本引きこもり体質なのでかなり面倒《めんどう》くさい。ただ息子の顔が見たいと言われてしまっては無視するわけにもいかない。

そこで俺たち家族はサスペンションつきの狼車《ろうしゃ》で王都に向かうことにした。狼車はサラサが開発した機能性重視のものに乗った。長距離《きょり》移動を初めて経験したが、乗り心地《ごこち》とスピードが今までの幌馬車《ほろばしゃ》とは段違《だんちが》いだった。


久しぶりに見た王城の湖面には紅葉《もみじ》が浮《う》かんでいた。

晩餐会場に入ると豪華《ごうか》なシャンデリア、赤の布地に金色の刺繍《ししゅう》がされた絨毯《じゅうたん》、テーブルには銀色のクロスがかけられ豪華な花で飾《かざ》られていた。ヴィオラやヴァイオリンのようであるが微妙《びみょう》に形が違う弦楽器《げんがっき》で奏者たちが品のあるクラシカルな音楽を奏《かな》でている。

他の諸侯《しょこう》貴族たちも会場内に来ておりシャンパングラスを片手に談笑《だんしょう》していた。俺たちの結婚式《けっこんしき》に来てくれた貴族もいる。俺たちもウェルカムドリンクを受け取ると知り合いに挨拶《あいさつ》しに行った。

ユリナさんは、ラフィットから買い取った艶《つや》のあるシルクをワインレッドに染めて作ったパーティードレスを着ていた。デザインは俺が元いた世界のモデルが着るようなブランドドレスをイメージして服飾《ふくしょく》職人に作ってもらった。

加えてアッシュをモチーフにユリナさんがデザインした「Y&S」のブランドポーチにアクセサリー。「Y&S」のポーチはアースドラゴンの皮が使われており、ピアスやネックレスの石はドラゴンクリスタルを使用。モデル、デザイン、品質全てにおいて圧倒的なクオリティに会場の女性たちの視線が釘付《くぎづ》けになっている。

……まあこれは全てサラサの筋書き通りなんだがな。

俺のコーディネートは秋ということで黒スーツ、薄《うす》いブルーのシャツと主張を抑《おさ》えつつ紅葉色のネクタイとチーフタイ、茶色の革靴《かわぐつ》で暖色系の季節感を出してみた。まあ男連中はあまり女性ほどファッションに興味はないみたいだ。

ターニャとアッシュもユリナさんデザインの子供用のドレスとペット用のタキシードを着ていて、別の意味で女性の視線を集めている。

サラサのブランド売り込《こ》み作戦は見事に大当たり。俺たちに貴族女性が殺到《さっとう》したが、そこで待ってましたとばかりにサラサが対応した。サラサはユリナさんに負けず劣《おと》らず綺麗《きれい》だったので、全員が貴族令嬢《れいじょう》と勘違《かんちが》いしているようだった。

まあ商売のことはサラサに任せて俺はゆっくりさせてもらうよ。

「ユリナさん、あっちで踊《おど》らない？」

せっかくの機会だ。俺はユリナさんの手をとってダンスを楽しむことにする。

俺たちは日頃《ひごろ》メアリーから厳しいレッスンを受けた甲斐《かい》あって、とちることなくワルツ一曲を踊りきれた。ここでもユリナさんは衆目を集めていた。ユリナさんは出産を経た今でも美しい。

ダンスが終わるとあまり面識のない貴族たちに話しかけられた。その殆《ほとん》どがボーラシュ平野の開発や他国との貿易の状況《じょうきょう》などを質問し、最後に「では一度商隊を率いて伺《うかが》いますね」と言われ話が終わった。ここは商売の場所とはわかっていつつも面倒くさい。正直サラサに丸投げしたくて仕方がない。

ターニャとアッシュはちびっこたちに囲まれていた。勇者はやっぱり人気者だな。

貴族どもとの話に疲《つか》れシャンパンを飲んで休憩《きゅうけい》しているとゲルニカ様が現れた。一際《ひときわ》高い場所にある王族席にゲルニカ様とその家族が並ぶと弦楽隊《げんがくたい》の演奏が止まった。

「皆の者よく集まってくれた。ハイランデル王国との戦争で疲弊《ひへい》した国土の復興、心から感謝する。今日はささやかだが皆への労《ねぎら》いの場を設けさせてもらった。長い挨拶は不要。心行くまで楽しんでいってくれ」

ゲルニカ様が短く挨拶した後拍手《はくしゅ》が沸《わ》き起こり、弦楽隊が今度はアイリッシュ調の軽快な音楽を奏で始めた。

曲調と会場の雰囲気《ふんいき》が変わったところで俺もメアリーに指示し、お土産《みやげ》のチェリービールを出すことにした。するとそれを飲んだゲルニカ様からお呼びがかかった。

「久しぶりだな。元気だったか？　まあ楽しくやってるみたいだな」

陛下はおかわりしたチェリービールの入ったグラスを俺に向かって掲《かか》げる。

「お久しぶりです陛下。それはまあ趣味みたいなもんです。他にも色々と作っているので出来たら送りますね」

「それは楽しみだな。ところでユリナ夫人の抱いている赤子はもしかして？」

「ええ息子のセトです」

「抱いてみてもいいか？」

「もちろんです」

そう言った陛下はユリナさんからセトを受け取った。

「お主に似た強さを感じるな。将来が楽しみだ」

すると不意に。

「ゲホッ！　ゴホゴホ……」

「ヴィオラ！」

イザベラ王妃《おうひ》に抱っこされた小さな女の子がせき込みだした。イザベラ様が心配そうに背中をさすっている。おそらく第三王女のヴィオラ様だ。

「今日はあまり調子が良くないみたいね。念のためベッドで休みましょうね？」

笑顔でヴィオラ様を落ち着かせようとするイザベラ様。

「ママ……」

「ヴィオラ！」

ヴィオラ様が力なく目を閉じてイザベラ様に体を預けた。顔が赤い。

「ちょっと診《み》てもよいですか？」

俺はメアリーからカバンを受け取りヴィオラ様の診察《しんさつ》を始めた。熱、心音の乱れ、肺の音、手足の指に変色あり。

「おそらくA級難病指定されているパイロン病でしょう。熱がありますので寝室《しんしつ》へ」

体全体の臓器をゆっくりと侵食《しんしょく》し全身に激痛を与《あた》えた後、最終的には脳がやられて死に至るという悪魔《あくま》的な病気がパイロン病だ。陛下はヴィオラ様を抱き上げると寝室へと運んだ。

「病名などとっくにわかっているのだ。だがA級難病を治せる医者などどこを探してもいなかった」

苦悩《くのう》に顔をゆがめる陛下。俺も自分の家族がそうなったらと思うと胸が締《し》め付けられる。

「陛下まだ諦めるのは早いです。治る可能性はまだありますよ」

俺はカバンから完成した銀色の液体を取り出す。B級難病指定されたジキウス肺炎《はいえん》を治した未完成品、そして今手に持っている薬はその完成品だ。A級難病が治る可能性は十分ある。

「それは本当なのか！　頼む」

俺はベッドで横になっているヴィオラ様の上体を起こし霊薬《れいやく》エリクシスを少しずつ飲ませた。すると呼吸が安定し青白かった顔にも血色が戻ってきた。段々と熱が引き快方に向かっているが、まだわからない。俺は少し様子を見ることにした。

「おそらくこれで大丈夫でしょう。念のため俺はここにいます」

「本当に恩に着る。言葉だけでは軽すぎるな」

陛下は王という立場を忘れ深く頭を下げた。

そして一晩ぐっすりと眠《ねむ》ったヴィオラ様は翌朝すっかり熱が引き、肺の音、心拍《しんぱく》ともに正常に戻っていた。手足の指の変色はまだ残っているがこれも次第《しだい》に収まっていくだろう。

ヴィオラ様はモリモリと朝ごはんを食べ、アッシュの毛を引っ張って遊んでいる。おてんばできるようになったのは元気な証《しよう》拠《こ》だ。アッシュはクーンと情けない声で鳴きつつも、ヴィオラ様の遊びに付き合っている。


その光景を見た陛下と王妃は目に涙を浮かべていた。

「ヴィオラはもう長くないと覚悟《かくご》していた。本当にありがとう。言葉だけじゃなく何か礼をしたいのだが思いつかぬ」

「いえお気持ちだけで大丈夫ですよ」

「だめよ。あなたは私たちにとっての恩人。そうねあなた、ヴィオラをセトちゃんのお嫁《よめ》さんにするのはどうかしら？」

え？　まじで？

「それはいいな。お主を王族に加えることが今私ができる最大の御礼《おれい》だ。受け取ってもらえぬか？」

「は、はあ……」

「では決まりじゃ！　これはめでたい。ヴィオラの回復とともに皆に広めねば！」

日本人的な感覚では物心もついていない子供の結婚《けつこん》相手を親が決めてしまうことは違和《いわ》感しかな

いが、断ることはできなそうだ。

「ありがとうございます」

俺は陛下の申し出を秒で快諾《かいだく》しつつ我《わ》が息子に心の中で謝った。

まあよくよく考えれば世の中には結婚できない非モテ男子は大勢いる。ヴィオラ様はまだ幼いがイザベラ様に似て将来きっと美人になる。本物の王女、お姫様《ひめさま》と結婚できる男などこの世に何人いるのかと考えれば、むしろ息子はラッキーだろう。


連日開かれた王宮での晩餐会にてヴィオラ様とセトの婚約《こんやく》発表がされた。その衝撃《しょうげき》ニュースは王族の地位を狙《ねら》っていた多くの貴族たちを震撼《しんかん》させた。


その後俺たちは折角なのでしばらく王都観光をしてから帰ることにした。

陛下が俺たちの乗ってきた狼車に興味があるそうなので一緒に城下町を走ってみた。陛下は狼車の快適性、パワー、スピードに驚いていた。俺は政商として同行していたサラサとアイリスを陛下に引き合わせ二人にコンペをさせた。結果貴族や王族の乗る馬車はデザインを重視して作ったアイリスのものが、軍関係の馬車は機能性を重視して作ったサラサのものが採用された。

また陛下のすすめで城下町に家を買うことにした。こぢんまりした平屋を買おうとしたら陛下に呆《あき》れられた。貴族というのは見栄《みえ》を大事にするのだそうだ。ミニマムライフ思考の俺には全く理解できないのだがそういうものらしい。俺もユリナさんも成金趣味は正直苦手だったので陛下のオススメからなるべく装飾《そうしょく》が少ない家を選んだ。それでも十分豪邸《ごうてい》だったが。

明日は王立図書館に行くつもりだと陛下にお伝えしたところ、「地下の最奥《さいおう》に王族と王が認めた者以外立ち入り禁止の古文書《こもんじょ》を収納した王族の書庫《ロイヤルアーカイブ》がある」と仰《おっしゃ》った。そしてヴィオラ様の義理の父となる俺は王族の書庫に入る権利があるそうだ。書庫に入るにはランカスタ王室紋《もん》なる特殊《とくしゅ》アイテムが必要だが、息子が婚約をした時点で既に陛下から水戸黄門《みとこうもん》の印籠《いんろう》のようなものを渡されていた。不逞《ふてい》の輩《やから》が出てきたら「この印籠が目に入らぬかあ！」と一度やってみたいね。


翌日。

本の虫になることがわかっていた俺は、連れに迷惑《めいわく》をかけないため一人で王立図書館に来ていた。

「今日は一日中本が読めるぞー！」

俺は久々に心が躍《おど》っていた。見上げるとその巨大《きょだい》建築物は、この国の長い歴史を感じさせてくれるものだった。

図書館に入ると中は古い紙の匂《にお》いで満たされていた。その匂いは学生時代通っていた大学図書館を思い出させてくれた。道産子《どさんこ》の俺が京都の夏をクーラーなしで過ごさなければならないハメに陥《おちい》った学生時代、緊急避難《きんきゅうひなん》先に選んだのが大学図書館だった。朝の閑散《かんさん》とした王立図書館は、よく俺が茶色い看板のマクドで買った朝マックを持ち込んで涼《すず》んでいた大学図書館によく似ていた。

関西でもメニューの名前は朝マックなのに、なんでマックのことをマクドと呼ぶんだろう。本家のアメリカ人がマックと言ってたしマックがきっと正式な略称《りゃくしょう》だ。ちなみに俺はマック派だが京都では「郷に入らば」の精神でマクドと連呼していたことは秘密である。

そんなことを思い出しつつ地下階段を下りると、明らかにドアの作りや雰囲気の違う部屋に着いた。

大きな両開きのドアには「王族の書庫」と書いた金のプレートがかけてあり、ドアの前では兵士が入室をチェックしていた。

王室紋を兵士に見せ中に入ると、大きな球体の形をした可動式オブジェを中心に半球体の空間が広がっていた。空間の形がわかったのは、何故《なぜ》か外壁《がいへき》が全面ガラス張りの半球体となっていたからだ。ここは地下なので青空が見えるように何かの仕掛《しか》けがしてあるに違いなかった。そして自然光が降り注ぐ書庫にはオシャレなソファーとデスクが並べられ、飲み物を飲みながら読書をすることができるようになっている。なんと贅沢《ぜいたく》な空間だろう。

早朝にもかかわらず、研究者と思われるロング丈《たけ》に金の刺繍が施《ほどこ》された白い服をまとった人たちがちらほらと見受けられる。室内の維持《いじ》管理をしている女性司書さんに聞いたところ、この人たちはそれぞれの分野で王国トップの実績をもつ研究者なのだそうだ。

設置されたドリンクバーでミックスジュースを頼むと、見たことのない生のフルーツをミキサーで搾《しぼ》って出してくれた。貴重な本がある場所でいいのかと聞いたところ、防水魔法をかけてあるから大丈夫とのことだった。サンドイッチなどの軽食も出しており小腹がすいていたので頂くことにした。

その日から俺は泊《と》まり込みで王族の書庫にこもった。王族の書庫には王族用の風呂《ふろ》つき個室が併設されており快適に寝泊《ねと》まりできる。ずっとこのまま研究人生を送っても絶対に飽《あ》きない自信がある。

俺は鑑定《かんてい》スキルを駆使《くし》して古文書を片《かた》っ端《ぱし》から読み漁《あさ》った。読書は賢人《けんじん》たちの知恵《ちえ》を受け継《つ》ぐ行《こう》為《い》だ。この世界の隠《かく》された知識にアクセスするという行為に知的興奮を覚えた。

古文書には貴重な食材や魔法、金属、モンスターなどの知識が書かれており興味は尽《つ》きなかった。その中でも「神鉄オリハルコン」と、「不死鳥の霊薬」に関する記述が特に気になった。

神鉄オリハルコンに関する古文書はあまり保存状態が良くなかった。虫食いだらけの古文書には、「鍛冶を極《きわ》めた者」「神のカケラ」「神獣の爪《つめ》」「貴鉄」「神槌《しんつい》」という単語。「神槌」に関しては紙が朽《く》ち果てており「精霊樹《せいれいじゅ》の船」「復活の炎《ほのお》」という単語しか読み取れなかった。

また製造方法については、神獣の爪と神のカケラを砕《くだ》いたものを貴鉄と一緒に炉《ろ》で熱することで神鉄オリハルコンを得るとあった。

そして重要なのが、この金属を用いた武具を装備した勇者レガリアが魔王《まおう》ブフディを討滅《とうめつ》したという記述。そもそもランカスタ王国建国以前の戦いらしく、どれくらい前のことかすら把握《はあく》できないが俺たちも作る必要があるのかもしれない。

「不死鳥の霊薬」は事故で死んだ最愛の娘《むすめ》の蘇生《そせい》を試みた錬金術《れんきんじゅつ》師《し》アルテアの研究論文だった。死者蘇生など半信半疑ではあったものの念のためメモをとった。

論文には「錬金術を極めた者」「イリューネ草の花の蜜《みつ》」「神獣の毛」「イレーヌ薬草」「ムレーヌ解毒草」を材料にある分量比で調合し魔力《まりょく》を込めて煮込《にこ》むと虹《にじ》色の液体が得られると書いてあった。効能は一〇〇人に一人、一％の確率で死者が蘇生するというものだった。

イリューネ草という名前を聞いたことがある。俺は冒険《ぼうけん》をする際に持ち歩いている知識の本をカバンから引っ張り出すとその記述を見つけた。意外なことにそれはユリナさんが語ってくれたことだった。後でユリナさんに聞いてみよう。

俺はさらに次へ次へと湧《わ》き上がる好奇心《こうきしん》の赴《おもむ》くまま本を読み漁った。

そして一週間ほどを王族の書庫で過ごした俺は、ユリナさんやサラサたちと合流し王都を後にした。

第三章　知恵の間

shousyaman
no
isekai survival

k - 249

イトシノユリナに帰った俺《おれ》はアトリエにこもっていた。水辺の静かな場所に自分専用に作った鍛《か》冶《じ》錬金《れんきん》をするための場所で、レスタにいた頃《ころ》の掘《ほ》っ立て小屋のような感じではなく芸術家っぽい造形にしてもらった。俺は台の上にあるものを置く。

【グラシエスの牙《きば》：蒼玉竜《そうぎょくりゅう》グラシエスの牙。神秘の力を宿し、神鉄オリハルコンの素材となる】

鑑定《かんてい》結果と王族の書庫にあった神鉄オリハルコンについての記述がつながった。古文書《こもんじょ》にある「神のカケラ」とはグラシエスの牙のことではないか。そう推測できた。他にも「神獣《しんじゅう》の爪《つめ》」は神獣フエンリルのアッシュの爪であるなど今のところは推論でしかないので試《ため》してみるしかない。

古文書にあった通りの方法で製作する場合、一度グラシエスの牙を砕《くだ》く必要がある。グラシエスの牙がないとグラシエスノヴァが発動できなくなるが、アースドラゴンへの有効打にもならない攻《こう》撃《げき》が魔王《まおう》に通じるとも思えない。ターニャの装備を強化できるのならそっちに振《ふ》るべきだろう。

俺は思い切ってグラシエスの牙をハンマーでぶっ叩《たた》いてみた。


ガン！


「……っ‼」

腕《うで》に衝撃《しょうげき》が走り俺は声にならない悲鳴をあげた。そして牙には傷一つついていなかった。炉《ろ》で限界まで熱して叩いても結果は同じだった。

霊薬《れいやく》エリクシスの完成条件がスキルレベルのカンストだった。そして古文書のメモをよく見ると「鍛冶を極《きわ》めた者」と書いてある。もしかすると鍛冶スキルレベルの問題かと思いアースドラゴン素材の武器を作りまくった。

そしてスキルレベルが二〇とカンストしたところで再度グラシエスの牙を割ろうとしたが、どうしても無理だった。

あと考えられるのは「神槌《しんつい》」の記述。つまりハンマーの製作条件を満たしていないということだ。今すぐに「神槌」とやらを手に入れることは不可能なので、神鉄オリハルコンの製作は一旦《いったん》お蔵入りとなった。

図書館で知り合った研究者たちに手伝ってもらい図書館内の文献《ぶんけん》をくまなく調べたが、それらしい手がかりは見つからなかった。そうであれば次は他国まで調査の手を伸《の》ばす必要があった。

そこで今のところ交流のあるトラキア、メキア、ガンドの三国で実際に現地に足を運び調査活動をしようと思った。

俺はトラキアのラフィット、メキアのエリューン王、ガンドのバンデット王に直接手紙を書いた。

そして彼《かれ》らは二つ返事で歓迎《かんげい》すると言ってくれた。

早速《さっそく》準備にとりかかった俺は、まずレスタにいるハインリッヒに手紙を出して同行するようお願いした。土地鑑《とちかん》のある彼の道案内が必要だからだ。

それから訪問団を編成した。メンバーは俺、ターニャ、アッシュ、サラサ、アイリス、マルゴ、ジュノ、ハインリッヒ、それに蒼の団の腕利《うでき》き冒険者《ぼうけんしゃ》数名。荷台には道中必要な生活物資や土産《みやげ》の品を積んだ。そして俺たちは南へと狼車《ろうしゃ》を進めることとなった。

k-250

現在季節は冬。しかし幌《ほろ》の中にある暖炉《だんろ》のおかげで道中快適に過ごすことができた。予定ではトラキア、メキア、ガンドの順で回ることになっている。狼車で一週間ほど南進するとトラキアとの国境検問所が見えてきた。俺たちはラフィットの署名が入った通行許可証を国境警備兵に見せトラキアに入国した。

さらに南進するにつれて景色が変わり気が付けば視界一杯《いっぱい》に広大な砂漠《さばく》が広がっていた。この辺りは死の砂漠《デスデザート》と呼ばれているらしい。物騒《ぶっそう》な名前だ。

俺たちはハインリッヒのアドバイスに従い危険な場所を避《さ》けながらラフィットのいるサルナンの町を目指した。

不意に狼車が停止し狼《おおかみ》たちが唸《うな》りだした。

「敵だ！　警戒《けいかい》しろ！」

御者台《ぎょしゃだい》に座《すわ》るジュノが叫《さけ》んだ。俺たちは武器を手に取ると外に出て辺りを警戒した。すると。

ボコボコボコボコ　ザバアア！

急に地面が盛り上がったかと思うと、地面からピンク色の巨大《きょだい》な化け物が現れた。

【パニックワーム：トラキア地方の砂漠に生息する巨大ワーム。土の中を移動し人や馬を襲《おそ》う。錯《さく》乱《らん》状態になるブレスを吐《は》き混乱した獲物《えもの》を食らう。体力513、魔力《まりょく》567、気力712、力352、知能287、器用さ331、素早《すばや》さ341　保有スキル：パニックブレス、超《ちょう》吸収】

グロロロロロ

唸り声をあげる巨大なミミズのようなモンスター。地中から出たばかりのモンスターの体から砂漠の土砂が大量に流れている。モンスターは牙だらけの大きな口を開け何かを吐き出した。

ドチャッ

「ヒッ！」

サラサとアイリスがそれを見て短く悲鳴をあげた。それは丸飲みにされた人と馬が全《すべ》てを吸いつくされ体液まみれの骨だけになったものだった。

「こ、こいつにはパニックブレスがある！　気を付けろ！」

俺はあまりの気持ち悪さに声が裏返る。しかし注意するも時すでに遅《おそ》し。パニックワームの頭の付け根部分が大きく膨《ふく》らんだかと思うと、オレンジ色のブレスを吐き出した。団員がそのブレスをもろに食らった。


「ヒ、ヒイイイイ！」

「危ない！」

ガスを吸い込《こ》み錯乱した団員が剣《けん》を振り回した。それを見たターニャはすぐにその団員の背後に回り込むと首筋へ手刀を叩き込み一撃《いちげき》で気絶させた。

その間ブレス後の隙《すき》を狙《ねら》った俺、ジュノ、マルゴの三人が敵を囲むように移動。マルゴとジュノが挟《はさ》み込む格好《かっこう》で同時に敵の胴体に攻撃した。


グロロロロロ！


体液をまき散らしつつパニックワームの巨体《きょたい》が横倒《よこだお》しになった。そしてアースドラゴンソードを構えた俺は、ソードピアーシングを放ち敵の頭を串刺《くしざ》しにした。ウネウネと動いていた敵はやがて動かなくなった。きもすぎる。

錯乱しターニャに気絶させられた団員は目を覚ますと正気に戻《もど》っていた。彼には念のためにパルナ解毒ポーションを飲ませた。アースドラゴン素材の防具は状態異常耐性《たいせい》（大）のはずだが防御《ぼうぎょ》できないようだった。

よくよく考えるとパニックブレスでターニャが錯乱し味方を攻撃した場合詰《つ》んでいたんじゃないか？　俺が某国《ぼう》民的ＲＰＧゲームの魔王でレベル99の勇者パーティを倒《たお》さなければならないとしたら、混乱魔法《まほう》と即死《そくし》魔法が使えるモンスターをぶつけると思う。それだけ味方に攻撃する類いの状態異常はヤバいものだ。

とりあえず現状で追加できる対策は俺が身に着けているドラゴンクリスタルのネックレスを、首にかけてあげることくらいしかできない。パニックワームの素材は何かに使えるかもしれないので持ち帰ることにした。

その後も巨大な猛毒《もうどく》のサソリモンスター【デッドリースコーピオン】や、はぐれの巨大な軍隊蟻《あり》【デザートアント】に襲われたが何とか切り抜《ぬ》けた。ハインリッヒによるとデザートアントの群れに遭遇《そうぐう》した場合、ほぼ助かることはないというのは砂漠の民《たみ》の常識だそうだ。まさにここは死の砂漠という名前に相応《ふさわ》しい場所だ。

危険地帯をサバイブし南進を続ける俺たちの目の前にようやく砂漠以外の何かが見えてきた。近づくにつれオアシスを中心に町が広がっているのだとわかった。それはラフィットの住むサルナンだった。


サルナンに入ってまず目についたのは褐色《かっしょく》の肌《はだ》に目鼻立ちがはっきりとした人々の姿だった。町の人々は焼き物の瓶《かめ》にオアシスの水を汲《く》み、瓶をターバンの上に載《の》せ運んでいた。

建物をよく見ると、様々な色をしたレンガで造られており、それが彩《いろど》り鮮《あざ》やかな街並みの正体であることがわかった。巨大な煙突《えんとつ》の建物を覗《のぞ》くと、中ではレンガや食器などが作られていた。

オアシスを中心に広がるサルナンの町には商館も多く、様々な人種、人ではない種族の各国の商人たちが頻繁《ひんぱん》に出入りしていた。

俺たちは町を軽く見物しつつこの国を治めているラフィットの宮殿《きゅうでん》に入ることにした。ラフィットの宮殿にはオアシスから贅沢《ぜいたく》に水が引き込まれ、プールや庭園が造られていた。俺は手紙で約束した通りラフィットに水属性を付与《ふよ》した鉄の板「ウォーターボード」を何枚か手渡《てわた》した。

「おー感謝感謝の大感謝だよ。この砂漠では水が命の次に価値があるからね！」

色とりどりの宝石を身に着けたラフィットは、いつもの陽気でゴージャスな笑顔《えがお》を浮《う》かべた。

「ええ。これからも宜《よろ》しく頼《たの》みます」

俺もつられて笑顔でそう返していた。

トラキアの商業都市サルナンには、世界各国から珍《めずら》しい織物や宝石など、貴重なものが多く流通している。先日の交易でそれらの品を手に入れたのだが、今後も多少高くついたとしても仕入れたい。それ以外にも貴重な品がありそうな予感がする。ラフィットとはこれからもウィンウィンの関係で居続けたい。

「ところで一応以前サラサ商会でお見せしたグラシエスの神像もお持ちしているのですが、いかがでしょう？　効果を考えると悪くない話だと思いますが」

ラフィットは陽気な笑顔を浮かべつつ。

「それは明日実際にスラム街を見せてから答えようじゃないか。正直自分の無能っぷりを見せるようで恥《は》ずかしいことこの上ないんだけどね」

ラフィットは少し寂《さび》し気に言った。

「そんな話はさておき、キミたちを歓待《かんたい》する準備はできているよ！」

それから俺たちは天蓋《てんがい》付きのベッドがある豪華《ごうか》な客室に案内された。露天風呂《ろてんぶろ》とマッサージという至れり尽《つ》くせりの歓待を受けた。

風呂とマッサージだけではすぐに時間を持て余してしまった俺は、宿に持ち込んだパニックワームの素材を用いて錯乱対策ができないかを考えていた。まずは素材を鑑定してみよう。

【パニックワームの表皮：通気性が良い魔物《まもの》の皮】
【パニックワームの毒腺《どくせん》：パニックブレスの成分が濃縮《のうしゅく》された袋《ふくろ》。食べたり飲んだりすると発狂《はっきょう》する】

この類いのものを手に入れた場合、以前の俺だったら舐《な》めて錯乱耐性をつけよう！　などと馬鹿《ばか》なことを考えていたものだが、それでは天真爛漫《てんしんらんまん》なターニャの性格が曲がってしまいそうなので却《きゃっ》下《か》だ。

ということで無難にパニックワームの表皮を使ってマスクを作ることにした。あのグロテスクな化け物を想像するとあまり口に密着させたい代物《しろもの》ではなかったが仕方ない。俺は皮を水で丁寧《ていねい》に洗ってから穴を開けヒモを通して加工した。そして出来上がったものをもう一度鑑定すると。

【パニックワームのマスク：精神攻撃系のブレス攻撃を無効化するマスク。錯乱耐性（極大）】

どうやら成功のようだ。これを着けていればパニックブレスでパーティ全滅《ぜんめつ》ということは避けられそう。俺は自分の警備をしてくれていたその場の団員たちと一緒《いっしょ》に訪問団全員分のマスクを作った。

そしてその夜ラフィットはオアシスの水辺で酒宴《しゅえん》を催《もよお》してくれた。

出された酒はこの土地の特産品である紫色の幻《パープルヘイズ》という名の酒だそうだ。少し舐めただけでえも言われぬ陶酔感《とうすいかん》を覚えるほど美味《うま》い酒だった。飲みすぎて失態を演じないようこの場は水を飲むことにした。もちろんマルゴたちにも言い含《ふく》めてある。

また余興として夜の砂漠とオアシス、異国情緒《じょうちょ》漂《ただよ》う音楽を背景に絶世の美女たちがシミターを使って剣舞《けんぶ》を踊《おど》ってくれた。そして驚《おどろ》いたことに美女たちは全員ラフィットの妻なのだと紹介《しょうかい》された。

トラキア商業国家連合群は一夫多妻制が認められており、大富豪《ふごう》が複数の妻を娶《めと》るケースは珍しくないそうだ。だがこの数は異常である。

「こっちが五九番目の妻ナターシャだよ！　ナターシャは遠い西方の地の貴族の血筋で、この町に旅行に来ていたところオアシスの畔《ほとり》で出会い恋《こい》に落ち我《わ》が妻となったのさ！」

ラフィットに抱《だ》き寄せられた女性が顔を赤らめていた。「～番目の妻とは～で出会い恋に落ちそのまま結婚《けっこん》した」というくだりを聞くのはこれで五九回目だ。ゴージャスな男ラフィットの恋路《こいじ》はまだまだ続きそうである。

「そうですか、皆《みな》さん仲が良さそうで羨《うらや》ましいです」

大変そうなのであまり羨ましくはない。リップサービスだ。

「妻たちはみんな仲がいいのさ！」

ラフィットと話しているとどうしても「シンドバッド」という単語が頭に浮かんで消えてくれなかった。

「キミも沢山《たくさん》恋をしろよ！　恋する男は無敵だよ！」

うん、ユリナさんをこの男の半径一〇〇メートル以内には近づけないようにしよう。ターニャもあと何年かしたらこの男の射程圏内《けんない》に入りそうなので今のうちから隔離《かくり》だ。

「私は一人を愛するので精一杯《せいいっぱい》です。遠慮《えんりょ》しときますよ」

「そうかい、残念だねえ……。こんなに女性は美しいのに」

ラフィットはナターシャさんの頭を撫《な》でながら残念そうに言った。

「そうだ。この紫色の幻だけど気に入ったならキミにプレゼントするよ！　今度買ってくれよ？」

「これ本当に美味《おい》しいですね。気に入りました」

「それはよかった！　ナターシャ彼についであげて！」

それから俺はラフィットと飲み明かした。ＶＩＰ相手なので気を付けて飲んでいたのにこんなに酔《よ》ったのは初めてだった。

たかな？

寝室《しんしつ》に横になると世界がグルグル回っていた。これはかなりマズイかも。失礼なこと言わなかっ

「こりゃ商社マン失格だな。この酒そんなに度数高いのか？」

俺はラフィットから寝酒《ねざけ》だと言って渡《わた》されたボトルを鑑定してみる。

「おうふ、なるほどね。まあこっちじゃこれが普通《ふつう》か」

一応アルコールは薬物であり人体に有害であるので解毒薬が効いた。このボトルもパルナ解毒ポーションで回復するとは思うが明日からもハードな旅は続く。一本いっとくか。

「たのむぜ霊薬」

俺はウ〇ンの力を飲むかのように霊薬エリクシスを飲むと深く眠《ねむ》りについた。

翌日俺たちはラフィットからサルナンの町の案内をしてもらった。

俺は綺麗《きれい》な部分だけではなくスラム街の様子も見せてほしいと言ってあった。邪教《じやきよう》の侵食《しんしよく》度合いを確かめるのもこの旅の目的の一つだったからだ。

ラフィットが案内してくれたスラム街は、町の中心街から一番離《はな》れた場所にあった。そこは以前レスタの町でみたよりも酷《ひど》い有様だった。ゼラリオン教を信仰《しんこう》する者も多くラフィットのような為《い》政者《せいしや》の力をもってしてもどうにも解決できない問題。それが宗教というものだった。

俺はスラム街の現状を見て、ラフィットにグラシエス様の神像を祀《まつ》らせてくれないかと再度打診《だしん》してみたが答えはノーだった。

「スラム街を何とかしたいのは僕《ぼく》も同じさ。でも僕はそれをこの国を経済大国にして成し遂《と》げたいと思ってる。民たちには神に祈《いの》るばかりじゃなくて、実際に自分で行動し稼《かせ》ぐ力を身に付けてもらいたいんだ」

だから宗教に頼《たよ》るつもりはないと彼はそう言った。大商人らしい信念をもっていて素晴《すば》らしいと思った。

k-251

そしてサルナン滞在《たいざい》の四日目の朝。ラフィットと別れた俺たちは街道《かいどう》を西へと進んだ。宿場町で休みつつの旅だった。宿場町にはトラキア兵が駐留《ちゅうりゅう》しており休息をとるには良かった。俺たちはトラキア兵から情報を仕入れつつエリューン様が統治するメキア王国を目指した。

狼車を走らせること六日ほど。ついに砂漠の向こうにぼんやりと緑深い森らしき輪郭《りんかく》が見えてきた。森の中心部には巨大な木が一本生えているのがこの距離《きょり》からでもわかる。さらに近づくとメキアとの国境検問所があった。

国境検問所では木製の弓に木製の軽鎧《けいがい》という装《よそお》いをした兵士が詰めていた。モデルのようなスタイルに絹のような白い肌、全身に木のツタが絡《から》まっている姿が特徴《とくちょう》的だ。よくわからないものは鑑定することにしている。

【森人《フォリア》：森の民とも言われる。眉目秀麗《びもくしゅうれい》、長寿《ちょうじゅ》、長い耳が特徴。土と風属性魔法、弓を得意とする】

メキアは見ての通り森深い場所にある。そこの民が森人ということなのだろう。

エリューン王から頂いていた通行許可証を兵士に見せて通してもらった。あとはエリューン王が手紙で指定されていた精霊樹《せいれいじゅ》についてはハインリッヒが一度行ったことがあるらしい。念のため兵士にも聞いておくか。

「あの巨大な木が精霊樹だ。エリューン様はそこにおられるよ」

「行ってみるよ、ありがとう」

そう言えば精霊樹ってどっかで聞いたような気がするな。

精霊樹を目指し森の中を走る道中、高さ八メートルはある巨大なモンスターに遭遇した。

【エリューントレント：森の精霊ドリアードが、長い年月を経た森の樹木に魔力を吹《ふ》き込み造ったゴーレム。精霊の森の番人。自分の意思で移動でき土魔法を操《あやつ》る。体力４２３、魔力９１２、気力３２１、力４１２、知能６７８、器用さ３１１、素早さ２３５】

俺たちは身構えたが、襲ってくる気配はなかった。

『ギギギ……。お前からエリューンのニオイする。オレ、エリューンの仲間襲わない』

エリューントレントの何とも無機質な声が頭に響《ひび》いた。

「攻撃中止だ！　トレント、ここを通してくれ！」

俺が声を張り上げると全員後ろに下がり、トレントは道を譲《ゆず》ってくれた。エリューン王の部下を傷つけずに済んでよかった。


それから俺たちは森を奥《おく》へ奥へと進んだ。精霊樹が高いとはいえ鬱蒼《うっそう》と茂《しげ》る森の中では流石《さすが》に見えない。もっともターニャが空中を歩くことができるので場所の確認《かくにん》は問題なかった。

トレントの鑑定結果にもあったが、きっとここはもう精霊の森だと思う。とてつもない巨大な樹木が鬱蒼と茂っており太陽の光は殆《ほとん》ど届かない。一方で神秘的な風や光の小精霊が空中を浮遊《ふゆう》し辺りは淡《あわ》い光に包まれている。緑色に光る苔《こけ》。小川のせせらぎ。小鳥のさえずり。木々のざわめき。とても美しく癒《い》やされる。

それから時間を忘れて森をひたすら進むと急に視界が開けた。そしてまるで崖《がけ》のような精霊樹がそびえ立っていた。

俺たちの狼車が精霊樹に近づくと緑に溶《と》け込んでいた森人が次々と現れ弓を構えた。

「止まれ、何者だ！」

誰何《すいか》され俺たちは両手を上げる。

「俺たちは敵じゃない！　エリューン王の手紙をもっている。確認してくれ！」

俺は森人の一人にエリューン王の手紙を渡した。すると弓を構えていた森人たちは構えていた弓を下ろした。

「すまなかった。ここ最近森を荒《あ》らす輩《やから》が増えていてな。許してくれ」

そう言った森人は精霊樹に手を当て何かを唱えると、狼車が余裕《よゆう》で通れるほどの巨大な入口が出現した。俺たちは森人に促《うなが》され奥へと進むことにした。

精霊樹の中はどういうからくりか広大な敷地《しきち》と宮殿が広がっていた。木の中なのに決して暗いということもなく翡翠《ひすい》色の不思議な光で溢《あふ》れていた。そして俺たちはエリューン王の元へと通された。


初めて会ったエリューン王は不思議な見た目をしていた。

翡翠色の美しく長い髪《かみ》の毛、美しい肌、身にまとう薄手《うすで》の羽衣には木のツタが巻き付いており月桂樹《げっけいじゅ》の王冠《おうかん》を頭に載せていた。森人に輪をかけての年齢不詳《ねんれいふしょう》ぶりでまるで人間ではないかのよう。というか多分人間じゃない。


「初めましてエリューン様。ランカスタ王国ケイゴオクダと申します」

「よくきてくれた人間。私もお前には興味をもっていたよ。私のことはエリューンと呼ぶといい」

「ではエリューン。あなたは人とは少しかけ離れた存在のように感じます。その辺りを差し支《つか》えなければ聞いてもいいでしょうか」

エリューン王は自分のことを樹木の精霊ドリアードの王だと名乗った。我々人間は精霊の力を借りて魔法を行使する。樹木の魔法は土属性に該当《がいとう》し、ドリアードの王は土属性の上位精霊に値《あたい》する存在とのこと。通常精霊は人前に姿を現さないと王族の書庫で読んだ記憶《きおく》があるので、これはかなりのレアケースだと思われる。

エリューンは、俺の傍《そば》にいたターニャとアッシュの頭を優《やさ》しい顔で撫でていた。

「ターニャ。お前たちはケイゴオクダのことが好きなのか？」

「うん！」

「そうか」

ドリアードの精霊王は、目を細めて笑った。きっと勇者は精霊に好かれる素質があるからこそ勇者なのかもしれない。

「最近我が森が弱っており困っている。森を汚《けが》す輩が増えてきているのだ」

エリューン王は表情の読めない顔でそう言った。

「人間が木を伐採《ばっさい》しているということですか？」

「それもあるが少し違《ちが》う。我が森に接している国々が戦争をしているのだ。無断で森を戦場にする輩が多くてな」

壊《こわ》れた森をエリューンの精霊の力で再生しているがそれにも限界があるとのこと。だが精霊の力の源は魔力。それならいい考えがある。

俺は強力な魔力回復効果のある「霊薬エリクシス」をエリューンに渡した。それを飲んだエリューンの表情から生気が溢れてきた。

「ありがとう。私の力が戻れば森はもっと元気になる」

「よかったです」

暫《しばら》く無言で俺を見ていたエリューンは。

「ケイゴ、あなたから樹木神の微《かす》かな神気を感じます。ならばこれを使いこなせるはず。勇者を助けなさい」

ドリアードの精霊王は、透《す》き通るような綺麗な指から、何の変哲《へんてつ》もない木の指輪を外し、俺に渡してきた。鑑定。

【精霊エリューンの指輪：ドリアードの王であるエリューンの体から作られた指輪。精霊に認められた者だけが扱《あつか》うことができる。身に着けた者はエリューンとの間に魔力回路が形成され、エリューンの力を源とする精霊魔法を行使できる】

俺は指輪を左手中指にはめてみた。

『個体名：奥田圭吾《おくだけいご》は、魔法、精霊樹の檻《おり》Ｌｖ１を取得しました』

『個体名：奥田圭吾は、魔法、豊穣《ほうじょう》の祈りＬｖ１を取得しました』

『個体名：奥田圭吾は、魔法、フォレストヒーリングＬｖ１を取得しました』

『個体名：奥田圭吾は、魔法、樹木操作Ｌｖ１を取得しました』


機械的な音声が頭に響いた。

それぞれの魔法の効能を鑑定してみたところ、精霊樹の檻は捕縛《ほばく》、豊穣の祈りは作物や木々の生長促進《そくしん》効果、フォレストヒーリングは精霊樹の魔力を与《あた》え回復するもの、樹木操作は樹木から力を引き出し操るものと出た。

「ありがとう。御礼《おれい》ではありませんがこちらからもプレゼントがあります」

俺はグラシエス様の神像と教典をエリューンの目の前に置いた。

「これは我ら勇者側の守護神竜であるグラシエス様を象《かたど》った神像です。これを設置した場所は呪《のろ》いが浄化《じょうか》され不浄の者を寄せ付けない聖域効果があります」

「なるほど。先ほどの話もアンデッドが森で呪いをまき散らしているケースがある。神像があれば被害《ひがい》を抑《おさ》えられるかもしれん」

「ではこの森を守るためできるだけ作って運びます」

それから俺はカバンから古文書を書き写した紙を取り出す。

「ところでもう一つ聞きたいことがあります。私が入手した情報によると、魔王ブフディを討伐《とうばつ》した勇者レガリアが神鉄オリハルコン製の武具を装備していたと。そして神槌を用いてその装備は作られたようなのですが、この記述で何か思い当たることはありませんか？」

古文書のメモをじっくりと読むエリューン。

「……遥《はる》か昔レガリアと名乗る勇者に精霊樹の一部を分け与えたことがあった。魔王も確かにブフディと名乗っていた。神槌のことはわからないが、私は神から勇者が来たらそうすることを役割《ロール》として与えられている」

エリューン王はそう言うと微笑《ほほえ》んだ。そうだ精霊樹の船、それもキーワードになっていたんだ。それからエリューン王は、華奢《きゃしゃ》な右腕《みぎうで》を空中に向け何かを念じた。すると俺たちの目の前に巨大な樹木が現れた。俺たちはあまりの大きさに驚いた。

「これが精霊樹の枝だ。レガリアに渡したのもこれと同じくらいの大きさだったはずだ。お前に与えた力でこの精霊樹を操ることができるはずだ」

「ありがとうございます。精霊樹の船、これで造ってみることにします。ただこれをもって帰るのは厳しそうですね……」

「それはそうだね。じゃあこうしよう」

エリューンは俺の身に着けた指輪に手のひらを向けた。

『個体名：奥田圭吾は、魔法、プラントポケットを取得しました』

「今与えた魔法で精霊樹だけを指輪に自由に出し入れできる。やってみて」

俺は巨大な精霊樹に手を当て「プラントポケット」と唱えてみた。すると、巨大な精霊樹が一瞬《いっしゅん》で指輪に吸い込まれた。試しにもう一度「プラントポケット」と唱え木をイメージ。するともう一度巨大な精霊樹が出現。条件付きの収納魔法だ。

「今宵《こよい》はお前たちの話を聞かせておくれ。それではまた後で」

エリューンが合図をすると、控《ひか》えていた森人たちが泊《と》まる部屋まで案内してくれた。


木材と緑の香《かお》りがする宮殿の一室は全て精霊樹で造られたものだそうで、完全なる癒やしの空間となっていた。俺は荷物を部屋の隅《すみ》っこに置くと、ゆったりとした木製のソファーベッドでくつろぐことにした。お風呂に入れるということでターニャはサラサやアイリスと一緒。アッシュは俺と一緒の部屋だ。

「精霊樹の朝露《あさつゆ》で沸《わ》かしたお風呂をご用意いたしました。お食事までごゆっくりお過ごしください」

「ありがとうございます」

お世話役の美しい森人がお風呂を沸かしてくれていた。まるで一流温泉旅館のようだ。バルコニーを見ると精霊樹の湯舟《ゆぶね》にエメラルドグリーン色に輝《かがや》く朝露の湯が張られていた。俺は服を脱《ぬ》ぎアッシュを抱きかかえると湯に首までつかった。

「うわあ……」

もはや溜《た》め息しか出ない。全身の凝《こ》りがほぐれるのを実感し体が疲《つか》れていたのだと心底感じる。

「今ベッドに入れば、確実に熟睡《じゅくすい》できるわ。な、アッシュ？」

「クーン？」

アッシュは首をかしげながら広い浴槽《よくそう》の中を元気一杯犬かきで泳いでいた。俺は小鳥のさえずりをバックミュージックに精霊樹風呂を楽しんだ。


宴《うたげ》では酒や肉は一切《いっさい》出ない代わりに精霊の森で採れた森の幸《さち》を使った料理を出してくれた。木の実、果物、キノコ、山菜。中でも、精霊樹の果実はライチとマンゴーを組み合わせたような甘《あま》みと酸味、食感もツルッとしていてとても美味しかった。ジュースにしたものも頂いたがとても美味しかった。山菜の天ぷらに塩をふった料理も美味だった。これは料理まで一流温泉旅館だ。もし落ち着いたら今度はユリナさんとセトを連れて家族旅行に来たいな。

「エリューン、こちらの山菜や果物を定期的にもらえないですか？　物凄《ものすご》く気に入りました」

「もちろん。気に入ってくれてよかった」

それから俺たちは森人たちの笛の演奏を聴《き》いた。それは魔法の笛の音であり、リラックス効果があり聴くと体力が回復するのだそうだ。

それから俺たちは三日ほど宮殿に滞在し、メキアの素晴らしい文化を思う存分に堪能した。自然の良さを取り入れた様々な道具やインテリア、建築物。サラサやアイリスはメキアとの商談で大忙《おおいそが》しだったようだ。

「ではエリューン、色々ありがとう。今度は家族を連れてくるよ」

「こちらこそ良い友人ができて楽しかったよ」

俺はエリューンと握手《あくしゅ》を交《か》わし宮殿を後にした。今まで力を借りるだけの存在だった精霊は、意外と人間っぽい性格をしているんだなと思った。

k-252

俺たちの次なる目的地はガンド王国だ。場所的にはランカスタから南東に位置しておりメキアからだと一旦来た道を戻ることになる。俺たちは精霊の森を抜けトラキアに入ると死の砂漠をひたすら東へと走った。

代わり映《ば》えのしない景色は次第《しだい》に赤黒い岩石地帯へと変わっていった。ようやくガンドの国境に到達《とうたつ》した。

ガンドの国境警備兵は一様に黒い肌に炎髪《えんぱつ》。高さ三メートルほどのゴツゴツとしたフォルムのロボットに乗っていた。

【土の民《ドーリア》：鉱山の民とも言われ鉱石を加工する技術に長《た》けている】

【魔鉱機兵：モンスターの魔核《まかく》を動力源とする機械兵器】

何とガンドでは兵士がロボットに乗っていた。文明が元の世界よりも後《おく》れていると思っていただけに驚いた。王の通行許可証を見せて入国すると、中ではロボット兵による演習が行われていた。見立てでは死の砂漠にいるようなモンスターを何とかできるくらいの強さ。物凄く強そうというわけではなかったが、国境を守る兵士としては十分な強さなんだろうと思った。おいそれとロボット技術を教えてくれるとは思わないがこれは少し楽しみだ。

ハインリッヒによると王が住む鉱山都市ミルスランはさらに南東にある火山地帯を抜けた場所にあるとのことだった。

火山地帯は至る所でマグマが噴《ふ》き出ており灼熱《しゃくねつ》の空気が立ち込めていた。俺たちは氷魔法で涼《りょう》をとりつつ道を進んだ。

「この辺りは火山系のモンスターが出る。気をつけろ」

「おいハインリッヒ、フラグを立てるのはやめろ」

「フラグとはどういう意味……」

ザパア！　グオオオオオオ

不意に右側のマグマ溜《だ》まりが急に盛り上がったかと思うと、中から一〇メートルくらいありそうな赤熱《しゃくねつ》しドロドロになった巨人《きょじん》が現れた。

「うげ……」

明らかにヤバそうだ。

【ラーヴァマン：マグマ溜まりに魔力が集まり、魔物となった巨人。超高温の体自体が強力な武器であり、さらにマグマ弾《だん》を放ち攻撃する。氷属性が弱点。体力５４３、魔力５２１、気力４９８、力９３２、知能３９１、器用さ４１２、素早さ３６５】

俺と目が合ったラーヴァマンは右手でマグマの塊《かたまり》を投げてきた。

「竜神《りゅうじん》の盾《たて》」

俺は盾に仕込《しこ》んだ教典に手を触《ふ》れ防御スキルを展開する。

ドゴオ！

『個体名：奥田圭吾は、スキル竜神の盾Ｌｖ２を取得しました』

透明《とうめい》な盾にマグマが衝突《しょうとつ》し爆発《ばくはつ》した。これはヤベえ、こんなもん食らったら骨も残らんぞ？

「ターニャ！」

「了解《りょうかい》！」

叫んだターニャが空中を猛《もう》スピードで走った。

「ハッ！」

ターニャは宝剣《ほうけん》デルムンドを抜くと凄《すさ》まじいラッシュをかましマグマ弾を叩き落とした。

グオオオオオオ

さらにラーヴァマンは右手をターニャにかざすと巨大な炎《ほのお》の渦《うず》を発生させた。渦はターニャを飲み込んだ。

「効くかああああ！」

ターニャが気力を爆発させると炎の渦は四散した。

「かっこええ……」

まるで少年バトル漫画《まんが》のワンシーンみたいだ。

「ターニャ氷魔法だ！」

「ありがと！　ドロドロ、これで終わりだ！」

俺はターニャに向かって叫んだ。

「氷の上位精霊シルヴァ顕現《けんげん》せよ。凍土煉獄《アブソリュート・ゼロ》！」

氷色の魔法陣《まほうじん》がターニャの背後に浮かんだと同時に、絶対零度《れいど》の冷気の檻がラーヴァマンを捕《と》らえた。

檻の中で急速に凍《い》てつくラーヴァマン。ドロドロの体が見る見る固まり氷像となった。駄目押《だめお》しに巨大化したアッシュが前足で軽く小突《こづ》くと氷像は粉々《こなごな》に砕け散った。

俺たちはその後も火山地帯を進んだ。やがて溶岩《ようがん》地帯を抜け鉱山地帯に入った。休憩《きゆうけい》がてら降りた地表面には鉄やら水晶《すいしよう》らしき鉱物がゴロゴロ転がっており資源の豊富さがうかがえた。

夕刻時ようやく目の前に巨大な鉱山を切り開いた都市の風景が現れた。

丘陵地《きゆうりようち》から見下ろした鉱山都市ミルスランは一日を終え、眠りにつこうとしていた。

仕事を終えた鉱山師が一斉《いつせい》に家路についていく。異国であるということを除けば元の世界でよく見たほっと息のつくような時間だ。

鉱山師の中には国境兵と同じ土の民やそれとは明らかに違う種族の者もいた。そして都市の最奥《さいおう》にはバンデット王の住む武骨な造形をした巨大な城があった。

俺たちはバンデット王の手紙を門番に見せ城に入る。そしてバンデット王と謁見《えつけん》することとなった。

ガンドのバンデット王は、無造作に長く伸ばした金髪に銀色の鋭《するど》いツノが二本。褐色の筋骨隆々《きんこつりゅうりゅう》とした長身巨躯《きょく》は、まさに英雄《えいゆう》王という名に相応しい見た目だった。

「遠路はるばるよく来てくれた。疲れているだろう。市中観察はまた明日以降にし、今日のところは宮殿でゆっくりと休まれよ」

玉座に座るバンデット王は、よく響くバリトンボイスでそう言った。

「感謝いたします。バンデット王」

「俺のことは、バンデットで構わんよ」

それから俺たちは、バンデットの歓待を受けた。

俺は宴席《えんせき》で、バンデットの隣《となり》に座り『神槌ミョルニル』のことについて聞いてみた。

「神槌ミョルニルか。伝説の槌《つち》の名として有名だな。それについて調べるのであれば、オレよりも適任がいる。後で紹介しよう」

「ありがとうございます。市中の案内は明日の日中ということでしたね」

「せっかく来ていただいたのに、明日しか時間がとれずにすまない。それと前にも気になっていたのだが、勇者の腰《こし》の剣を見せてもらってもいいか？」

「ええ？　もちろんですよ」

俺は不思議に思いながらも、ターニャをこちらに呼び、腰に下げていた宝剣デルムンドをバンデットに渡した。

「なるほど。これは奇遇《きぐう》だな」

何がなるほどなのだろうか。

それから、俺はバンデットに進められるまま、鉱山師や鍛冶師が好んで飲むという『炎酒』を飲んだ。それは道中の火山地帯を思い出すような、体が燃えるように熱くなる酒だった。

炎酒が強烈《きょうれつ》だったので翌朝は二日酔《ふつかよ》いになるかと思いきや、強烈すぎてあまり量が飲めなかった。酒好きのマルゴも気に入っていたので持ち帰ろう。町の皆にも良い土産になる。

昼過ぎ、俺たちはバンデットとともに市中観察に出かけることにした。

町には金床《かなどこ》に槌を叩きつける音や、鉱物を載せたトロッコが鉱山師と一緒にレールを走る音が響き、活気に満ち溢れていた。一方、華《はな》やかな街並みの裏でスラム街は存在し、ゼラリオン教の信者も相当数いるとのことだった。

「町に活気が溢れれば、スラム街に流れる者も減る。そう信じてこれまでやってきたが、邪神《じゃしん》の影《えい》響《きょう》があったとはね。俺にも、民の信心を操ることなどできんよ」

バンデットはスラム街を見て、苦虫をかみ潰《つぶ》したような顔でそう言った。

「正神であるグラシエス様を祀るしかないでしょう。スラム街の建物の一室に、持参したグラシエス様の像を祀ってはどうでしょうか？　グラシエス教が広がれば、邪神の呪いに対抗《たいこう》できます」

俺たちは早速スラム街の建物を一棟《とう》買い上げ、神像と教典を設置した。

k-253

それから二日、俺たちは鉱山都市ミルスランを視察した。メンバーは、俺、バンデット、ターニャ、アッシュ、マルゴ、ジュノ、サラサ、アイリス、ハインリッヒ。その他蒼の団の護衛やバンデットの近衛兵《このえへい》数名。

視察の中で、宝剣デルムンドを製作したデルムンド氏の鍛冶工房《こうぼう》を訪《おとず》れる機会があった。


「やあ、バンデット。キミがお客さんを連れてくるなんて珍しいじゃないか」

その暑苦しい鍛冶場には、火事にならないのが不思議なくらい、ぎっしりと壁《かべ》一杯に本が並んでいた。その不思議な空間の中、調整中の巨大なバスタードソードを軽々と片手で持ち、ブロンドに片眼鏡《モノクル》、そして熱気の籠《こも》る鍛冶場におよそ相応しくない厚手のコートを着込《きこ》んだ白肌の少女が、涼《すず》し気な表情でそう言った。まるで、錬金術師《アルケミスト》が鍛冶師の真似事をしているようだ。そして少女の額からは、銀色のツノが一本生えていた。

「デルムンド、お前に紹介したい方がいる。ランカスタ王国のケイゴオクダ伯《はく》だ」

どうやらこの少女がデルムンド氏ということで間違《まちが》いないらしい。意表を突《つ》かれたが、俺はすぐ

に気を取り直した。

「ケイゴオクダです、デルムンド様の剣にはずいぶんと助けられました、感謝を」

「ほう。お前がボクの刀剣《とうけん》を使いこなしたのか？　いや……、違うな。そこのガキ、お前だな？」

デルムンドも子供にしか見えないのだが……、いや違うか。おそらくデルムンドは、グラシエス様やアンリエッタ様がそうだったように、見た目と実年齢が一致《いっち》しないタイプの存在なのかもしれない。ターニャはデルムンドの圧に負けたのか、首だけで頷《うなず》いている。

「そうです。彼女《かのじょ》は勇者のターニャ。魔王を倒す手がかりを探す旅をしています」

俺は、そう答えた。

「魔王……、教皇ギデオンのことか。ボクも武器商人どもから情報は仕入れていてね。無礼を承知で言わせてもらうと、キミたちでは厳しいいんじゃないかなあ？」

デルムンドは再びバスタードソードに視線を戻しつつそう言った。

「神槌ミョルニル。そして神鉄オリハルコン。聞いたことありませんか？　そしてここに、素材である竜神グラシエス様の牙があります」

デルムンドは作業をしていた腕をピタッと止めた後、頭だけがギーッとこちらを向き、俺の手元にあるグラシエスの牙を凝視《ぎようし》した。そしてもの凄《すご》い勢いで俺に飛び掛かったかと思うと、俺の手元から牙をふんだくった。

「キ、キ、キ……、キター！　長年の土鬼人《ドルク》の夢。神金属キター‼」

グラシエスの牙に頬擦《ほおず》りするデルムンド。それからデルムンドはターニャとアッシュ、俺を片眼鏡越《ご》しに見て、ハッとした表情になる。

「待てよ……、確か土鬼窟《ドルケイブ》の文献が……」

デルムンドが壁面《へきめん》に手を向けると、一冊の本が浮遊し彼女の手元へと吸い寄せられる。よくよく見ると、火の粉が本に降りかかっても膜《まく》のようなもので弾《はじ》かれている。おそらく何らかの魔術《まじゅつ》的な処理がされているようだ。その間デルムンドは、貪《むさぼ》るように文献のページをめくっていた。

「イヤッハー！　やはりそうか！　知恵の門、魔王を打倒《だとう》する者、獣《けもの》、運命人。鍵《かぎ》がこんなにあっさり見つかるなんて！」

「デルムンド。お前はさっきから何を言っている」

意味不明な言動を繰《く》り返すデルムンド。見るに見かねたバンデットが、デルムンドに声をかけた。

「ゴメンよ、ボク興奮が止まらないんだ。早速で悪いんだけど土鬼窟に行こう。道中で説明するから。それに、キミたちが欲《ほ》しいものはきっとそこで手に入るはずさ！」

デルムンドは服の胸にある緑色の石に手を置き何かを唱えた。すると本棚《ほんだな》と一緒に壁が動き、大きな隠《かく》し部屋が現れた。

「さあ皆の者、行こうじゃないか！　ケイゴオクダ、ターニャ、アッシュ、ボクに付いてくるのだ！」

「どうしていつもお前は、王のオレを差し置いて偉《えら》そうなんだ……」

あれ、アッシュの名前、言ったかな？　と思いつつ、俺たちは半信半疑のままその部屋に入った。

全員が部屋に入ると扉《とびら》が自動で閉まり、部屋が動いたように感じる。というよりも、この感覚を俺はよく知っている。エレベーターで降りているときの浮遊感である。どうやら部屋自体が地下に降りて行っているようだ。それにしても長い。

デルムンドの説明によると、彼女は原住民と鬼人の混血種族、土鬼人《ドルク》。長命で魔力、膂力《りょりょく》が高いのが特徴で、ツノの数、髪の色で実力や希少性が変わるそうだ。バンデットとデルムンドは同じ土鬼人であり、その中でも超レア種。実年齢は優に一〇〇歳《さい》は超《こ》えているとのこと。

そして、今どこを目指しているのかというと土鬼窟と呼ばれる土鬼族が先祖代々守っている遺跡《いせき》なのだそうだ。遺跡には古代土鬼人たちの宝が埋《う》まっており、また未《いま》だ未踏破《みとうは》の領域も多く、地上には現れないような強力なモンスターも生息しているとのこと。

「ここが知恵の門だよ！」

興奮した面持《おもも》ちのデルムンドが、四メートルを超える巨大な石門の前でそう言った。エレベーターで降りた後、長いトンネルを魔動式列車で移動すること小一時間、ようやく目的と思われる場所にたどり着いた。魔力で移動する道具があること自体、文明の高さが窺《うかが》われる。

「ここに神槌に関する何かがあるんですか？」

「たぶんね。でもこの門は、力では絶対に開かない。ケイゴオクダはここ、ターニャはここ、アッシュはここに手を入れて魔力と気力を込めてみて」

真実の口を思わせる扉のくぼみには、旅人、戦士、獣の絵が描《えが》いてあった。俺たちはデルムンドに従い扉のくぼみに手を入れ、魔力と気力を込めた。すると扉に光のラインが浮かび上がったかと思うと次々と仕掛《しか》けが動き、扉が奥の方へと開いた。

『知恵の門、および知恵の間にある資産の所有権、管理権限が運命人ケイゴオクダに移譲《いじょう》されました。マスターの生体認証登録を開始します……、登録完了《かんりょう》』

いつものレベルアップでお馴染《なじ》みの機械音とタッチパネルがポップアップされた。門の向こうは知恵の間というらしい。

「イヤッハー！　今日は何て素晴らしい日なんだ！　じゃあ、お先！」

「お、おい！　気を付けろよ！」

『侵入者《しんにゅうしゃ》あり。M－430による高出力レーザーによる威嚇《いかく》攻撃を開始します』

ピウン！　ピウン！

「ヒイイイイ！」

デルムンドが、あちこちに設置されているレーザービームの威嚇攻撃に追い回され、こちらに一目散に逃《に》げてきた。ローブには焦《こ》げた跡《あと》がついている。

「だから言わんこっちゃない……」

バンデットが呆《あき》れていた。

「この人たちは仲間だ、攻撃するな」

『マスター権限の発動を確認。威嚇攻撃を中止します』

「もう入っても良さそうだよ」

管理権限者の俺が先頭で一応警戒しながら門をくぐると、そこには広大な空間が広がっていた。その光景を見て俺は驚きを隠せなかった。


部屋をしばらく調べてわかったのは、ここが古代土鬼人語で書かれたおびただしい数の石板と魔動具の貯蔵庫だということだ。至る所に照明器具の明かりがあり、野球ドームと言っていいほどの広さの中で、魔動式ロボットがせわしなく動いており石板や魔動具を管理していた。

各魔動具には説明が書かれた石板が設置されており、鑑定スキルで解読したところ、先ほど使用した、半永久魔動機関式エレベーター、列車。それ以外にも瞬間移動装置《ポータル》を発見した。何気にレベルアップやスキルを獲得《かくとく》した際に聞こえる機械音やタッチパネルのシステムが、ここにある技術で作っているなんてオチだったりするのかもしれない。

そして奥はさらに別の部屋へと続いており、さらに便利な魔動具が眠っていると思われた。特に危険なモンスターはいなかった。

「これだけの貴重な文献、そして不思議な技術が見つかるとは、我が国始まって以来の大事件だ。古代文字を読める者は少ないので結果はすぐには出ないだろうが、神槌ミョルニルの文献調査はこちらで進めよう。ケイゴオクダは一度自領に戻るといい」

「ありがとうございます。そうですね。そろそろ領地のことが気になりますし、俺は一度イトシノユリナに戻ろうと思います。しかし、バンデット。知恵の間そしてこの魔動具の扱いは、慎重《しんちょう》になられた方がいいと思います」

知恵の間を興味津々《しんしん》に探検するターニャとアッシュを見たバンデットは。

「ふふ、何を言っている。これだけの技術があれば、民たちにもっと楽をさせることができるではないか！」

うーん。やっぱそうなるよね……。

「バンデット。貴方《あなた》の先祖である古代土鬼人はなぜこの場所を門で封印《ふういん》したと思いますか？　俺はこの場所を見て、こう思いました。道具や技術がどれだけ進歩しても使う人間が未熟で上手《うま》く使えない場合、それは刃《やいば》となって我々に返ってきます。自然破壊《はかい》、環境汚染《かんきょうおせん》、さらには戦争の原因になりかねない。俺はそうなることを知っている」

「なるほど。確かに連想ゲームの中ではそういった考えも成り立つだろう。しかしケイゴオクダはそうなることをまるで知っているかのようだな？」

これからここの技術を使ってやろうとしていることにバンデットの協力は必要不可欠だ。ならここは正直に自分の素性《すじょう》を明らかにすべきだろう。

「俺は元々この世界の住人ではありません。文明がこの世界よりももっともっと進歩した場所からやってきました。未来人みたいなものと思っていただいて結構です。だからなのかもしれません。この知恵の門と中の知識や魔動具の管理権限が私に設定されているようです。つまり、私の許可なくここの技術を利用することはできません。といっても独り占《じ》めをする気はありませんのでご安心を」

バンデットは目を白黒させつつ。

「それは、面白《おもしろ》い冗談《じょうだん》だ。いや、勇者と神獣を導くお前のことだ。先ほどの魔動具たちの攻撃動作を考えれば、あながち冗談ではないのかもしれん。わかった、知恵の間の管理はお前に任せる。ただし所有を認め、発掘《はっくつ》、運用の協力をする代わりに、得た財の二〇%を我が国に納めてもらいたい」

「俺はそんなにガメツくないですよ。バンデット、これからもお世話になります。早速ですが……」

俺は知恵の間とイトシノユリナの間を移動するための瞬間移動装置《ポータル》を持ち出すことにした。

その後テンション爆上《ばくあ》げで走り回るターニャ、アッシュ、そして本の虫となってしまったデルムンドを知恵の間から引きはがし土鬼窟を出た俺たちは、一度イトシノユリナに戻ることにした。

「公《おおやけ》にはしていないのだが、危険な火山地帯を回避《かいひ》できる抜け道がある。そこを通って帰るといい」

バンデットはそう言い、俺たちの地図に抜け道を描《か》き込んでくれた。俺たちが通過した、溶岩のモンスターが出没《しゅつぼつ》する危険な火山地帯が、この国にとって自然の要塞《ようさい》なのだそう。バンデットに別れを告げ地図通りに進んだところ、道中特に危険もなく、トラキアとの国境に辿《たど》り着くことができた。

トラキアに入ると、いきなりパニックワームとデザートアントの大群に襲われた。普通なら全滅だろうが「パニックワームのマスク」を全員分作っていたおかげもあり、ターニャ、アッシュの無《む》双《そう》で切り抜けることができた。パニックワームのブレスでターニャが錯乱していたら詰んでいたところだ。

そしてようやく俺たちがイトシノユリナに戻った時には既《すで》に初夏と言ってよい季節になっていた。

第四章　謀略

shousyaman no isekai survival

k-254

本格的な夏を迎《むか》えセトが一歳《さい》になった。家族と身内だけでお祝いしようとしたが陛下がそれを許さなかった。

「ヴィオラあなたの未来の旦那《だんな》様よ。ご挨拶《あいさつ》は？」

「あたちヴィオラ。あんたをケライにちてあげるわ」

「あーい！」

すっかり元気になった舌ったらずのヴィオラちゃんが話しかけ、まだヨチヨチ歩きのセトがこれまた元気よくこれに手を上げて返事をした。天使だねこりゃ。

陛下とイザベラ様がヴィオラ様を連れて誕生日のお祝いに来てくれた。そして陛下がお祝いをする相手を一緒《いっしょ》に祝わないことは貴族にとって許されない行為《こうい》である。その結果ボーラシュ平野に王国中の貴族たちが勢ぞろいしてしまった。もちろん多額のお祝い金を持参して。

みんな暇《ひま》なのか？

貴族たちからとんでもない金額が集まってしまったので、お誕生日会に全額ぶっこむことにした。もはやお誕生日会と呼べるレベルではなくなっている。

広場や城は全《すべ》て開放。町の者はもちろん近隣《きんりん》の町から人手を募《つの》り、総出で一週間に及《およ》ぶお誕生日会が開かれた。オリンピックは今や負債《ふさい》を抱《かか》えるイベントだが昔は経済発展のきっかけになった。セトのお誕生日会はそれに近いもので、お金がジャブジャブ使われ建物がガンガン建ち経済はうなぎのぼり。我《わ》が息子《むすこ》ながら末恐《すえおそ》ろしい子。

ユリナさんとの結婚式《けっこんしき》でセンセーショナルなデビューを果たしたマンザイ文化は、このお誕生日会でも連日披露《ひろう》され、一大マンザイブームを引き起こす予感しかしなかった。

さすがのＪＡＳＲＡＣもここまで手が回るまいと考えた俺《おれ》は、元の世界で好きだった芸人ネタを大いにパクらせてもらった。ラッ〇ンとか、ヒ〇シとか、日本エ〇キテル〇合とか。みんな日本人離《ばな》れした外見をしているもんだから滅茶苦茶《めちゃくちゃ》シュールな絵面《えづら》に仕上がった。

もちろん魔王討伐《まおうとうばつ》のことを忘れたわけではないがたまにはガス抜《ぬ》きも必要だ。俺がやる気のある人間じゃないことはわかっていると思うのでどうか大目に見ていただきたい。

というわけで気を取り直して魔王討伐へ。と言ってもやれることを地道にコツコツやることは変わらない。

イトシノユリナから東にサンチェスという漁村があったのだが、ザックとラフィットの協力で港町としてずいぶんと開発が進んだ。港は多くの漁船や商船、サラサとアイリスの開いた市場で盛り上がっている。ボーラシュ平野唯一《ゆいいつ》の港町ということで、海外貿易の拠点《きょてん》として開発を進めているところだ。

俺はターニャとアッシュを連れてそんなサンチェスの町に来ていた。

もちろん目的は「精霊樹《せいれいじゅ》の船」を造ることである。

造船所で指輪から精霊樹を出し船大工に加工をお願いしたが、何をしても傷一つつけることはできなかった。本当に木なのかこれ。精霊樹風呂《ぶろ》を再現しようと思ったけど無理っぽいな。

ん、まてよ？　そういえば……。

【樹木操作：精霊エリューンの樹木魔法《まほう》。樹木の力を引き出して自由自在に操《あやつ》ることができる】

これで形を変形できないだろうか。
俺は樹木操作と念じ、木を部分的に伸《の》び縮みさせることをイメージした。すると念じた箇所《かしょ》の木材が細く伸びた。ならばと次は大胆《だいたん》に精霊樹が丸ごと全て船の造形に変形するイメージを頭に浮《う》かべた。

ズズッ……

すると精霊樹が音を立てて変形し、一〇人以上乗ることができる大きさの船の形になった。船内にはイス、船尾《せんび》にはスクリューがついていて、回転するイメージを頭に描《えが》くとそれに合わせて勢いよく回り始めた。
次に王族の書庫であったようなドーム状に船体を囲むイメージをするとやはりできてしまった。どういうわけか透明《とうめい》ではない精霊樹でできているはずのドームは透《す》けていた。これがあれば雨風をしのげ快適なクルージングが楽しめそうだ。

その後ターニャとアッシュを精霊樹の船に乗せ海で試乗した。プラントポケットによって精霊樹でできた船自体を自由に収納できた。
船体に乗り込《こ》むと操舵室《そうだしつ》があり、スクリューの回転や舵《かじ》の取り方を練習した。この町へやってきている帆船《はんせん》よりもスクリュー式の方が小回りや速度で完全に上回っていた。

サンチェスの港に戻《もど》るとザックが待ってくれていた。

「どうっすかケイゴさん」

「ああ、いい感じ」

俺は指輪に船をしまいながら言った。収納できることを考えてもこんなに便利な船はない。

「ところでケイゴさんにちょっと会っていただきたい方がいるんですよ」

「うん、まあいいけど」

ザックに案内されたのは元々寒村として生活していた人たちが生活していた場所だった。

「ケイゴさん。不思議なことに、この村の連中はなぜかグラシエス教を古くから信仰《しんこう》していて。長老がケイゴさんに会いたいと言っているんですよ」

「へえ。まあそういうこともあるよね」

俺たちは最近舗装された道を歩き、簡素な家のドアを叩《たた》いた。

「タリフ長老、ザックです。ケイゴさんを連れてきました」

ザックが声を張り上げる。

「おお領主様！　待っておりました。ささっ中へ」

いかにも長老という感じの腰《こし》の曲がった老人が出迎《でむか》えてくれた。

家の中に入るとタリフさんの他に女の子がいたのだが顔を見て驚《おどろ》いた。

「アンリエッタ様？　ここで何してるんです？」

アンリエッタ様がエプロン姿でティーポットをもって立っていた。しかしアンリエッタ様は首を傾《かし》げるばかり。

「彼女《かのじょ》は私の孫娘《まごむすめ》でシエラと申します。アンリエッタ様は竜神《りゅうじん》の巫女《みこ》の名ですな？」

「そうです。竜神グラシエス様に祈《いの》りを捧《ささ》げ神格化した英雄《えいゆう》の名です」

「何から話しましょうか……」

俺はタリフさんから色々事情を聞いた。

タリフさんの家を含《ふく》むこの辺りの人たちは、元々ランカスタ建国前からこの土地で邪教《じゃきょう》から隠《かく》れるように暮らしていた。そして英雄でありながら魔女《まじょ》と疑いをかけられグラシエス様が連れ去ったアンリエッタ様の子孫であるという内容の古文書《こもんじょ》が代々引き継《つ》がれている。

俺はグラシエスの牙《きば》を取り出して念じる。

『グラシエス様……』

『聞いておった』

「随分《ずいぶん》と懐《なつ》かしい話をしているようじゃの？」

声のした方を振《ふ》り向くと、グラシエス様とアンリエッタ様が立っていた。

「アンリエッタの子孫、元気にしておったか？　グラシエス＆アンリエッタじゃ」

「……です」

ウインクをしながらゴキゲンなポーズをキメて登場したが逆効果。タリフさんとシエラさんが硬《こう》直《ちょく》してしまった。グラシエス様はともかく寡黙《かもく》なアンリエッタ様が意外だった。実際無表情なアンリエッタ様のウインクとポーズは違和《いわ》感しかなかった。

「あちゃー、すべったかのう」

「……すべった？」

お茶目な神様だ。

アンリエッタ様はシエラさんの頭に手を当て目をジーッと見る。

「あのあの……」

「うん、良さそう……。シエラは私に任せて」

何を任せるというのだろうか。言葉足らずにも程《ほど》がある。

「アンリエッタはシエラが自分の先祖返りで聖騎士《せいきし》の血を引き継いでいる。自分が鍛《きた》えて魔王討伐パーティに加えてあげてと言っている」

言ってなくない？　さすが夫婦《ふうふ》。

いつもは無表情で感情を表に出すことが苦手なアンリエッタ様も、血のつながった家族ともいうべき人たちに再会できたのが嬉《うれ》しかったと見える。やっぱり家族が大事なのは人も神様も関係ないみたいだ。

アンリエッタ様はタリフさんやシエラさんといつまでも談笑《だんしょう》していた。そんなアンリエッタ様の様子を見て心から良かったと思った。

タリフさんに夕飯に誘《さそ》われたが、せっかくの家族団らんを邪魔《じゃま》してもよくないので帰ることにした。


イトシノユリナへと戻った俺を書類の山が待ち構えていた。

俺がいなくても回るようにはしているのだが、貴族同士のやりとりなどどうしても部下には任せられない仕事がある。晩飯を食いつつ溜《た》まった仕事を片付けていると、丁度別の大陸を旅しているハインリッヒをはじめとした調査隊からの報告書が書類の山の中から出てきた。


「どれどれ」

それは他国でゼラリオン教がどの程度布教しているのかを探《さぐ》らせ得たデータだった。俺は自分の目で確認《かくにん》した他国の状況《じょうきょう》、そして調べていた方々のデータを照らし合わせ分析《ぶんせき》することにした。

その結果グラシエス教の布教で宗教勢力図を塗《ぬ》り替《か》えるのはかなり厳しいという結果が出ていた。

「これはマズイね。ギデオンは相当なやり手じゃないか」

俺はギデオンに興味が湧《わ》いた。ギデオンは力だけではなく相当頭が切れると見た。布教が上手《うま》くいくというのは馬鹿《ばか》にできることではない。

どうしたもんかと別の書類を順番に漁《あさ》っていると一つの手紙が目についた。


……

親愛なるケイゴへ

ラフィットです。先日はわざわざ来てくれてありがとう。

さてキミに朗報だ。ゼラリオン聖教国に私の配下を忍《しの》び込ませ調査をしたところあることがわかったんだ。

聖教国の聖都ゼラリオでは年に一度の太陽の日に全ての信者が家にこもり、ギデオンは神殿《しんでん》で一人静かに瞑想《めいそう》するそうだ。チャンスだと思わないかい？　勇者と神獣《しんじゅう》をけしかけてみれば、ワンチャン倒《たお》せる可能性があると思う。検討してみてほしい。

サンチェスから聖教国へ渡《わた》る手助けの者を既《すで》に待機させてある。ザックに接触《せっしょく》するよう言ってあるのでそろそろ伝わっている頃《ころ》だと思うよ。


勝利を願って。

ラフィット

k‐255

「メアリー、ちょっと」

「お呼びでしょうか」

「太陽の日って知ってる？」

「もちろんです。太陽の出ている昼が一年で最も長い日のことです。そうですね、あと二〇日ほどですね」

「そう、ありがとう。じゃあちょっとみんなを集めてくれる？　会議をするから」

「畏《かしこ》まりました」

目的地と狼車《ろうしや》、船の速度から逆算すると、今日明日中に出発すれば太陽の日に間に合いそうだ。

蒼《あお》の団本部会議室にて俺はラフィットの手紙の内容を皆《みな》に説明した。

「これはまたとないチャンスだな」

「ああ」

ジュノとマルゴ。

「待て。まずターニャとアッシュのステータスを見るぞ、鑑定《かんてい》」

【ターニャ：蒼玉竜《そうぎよくりゆう》グラシエスの加護を受け、真の力に目覚めた勇者。保有スキル、天歩、静流剣《けん》、激流剣、魔力障壁《まりよくしようへき》。精霊王イグドラシルとの回路を繋《つな》ぐことにより、同時に二つの魔法を発動する複合魔法が使用可能。体力７２１４、魔力６８３５、気力７１４２、力７３１２、知能６９１２、器用さ７１３２、素早《すばや》さ７３１６】

【アッシュ：蒼玉竜グラシエスの加護を受けた、神獣フェンリル。勇者の従者。保有スキル、天歩、巨大化《きよだい》、神獣の息吹《いぶき》、神獣爪斬《そうざん》、魔力障壁。体力４１３２、魔力４０４１、気力４３１６、力４３１５、知能３９６７、器用さ４１８３、素早さ４４５４】

俺は鑑定結果を会議用の黒板に書き写した。

「いい感じに強くなっているな。もうヴァーリ程度の奴《やつ》が出てきても余裕《よゆう》っぽいな」

「魔王といえども兵で囲めば倒せるかもな。少数精鋭《せいえい》でいこう」

ジュノとマルゴが方針を提案。団員たちも興奮気味に意見を述べる。

「その情報は確かなのか？」

そこで今まで黙《だま》っていたキシュウ先生が口を挟《はさ》む。

「ラフィットからのものです。色々とよくしてくれているので大丈夫かと」

「そうまで言うなら大丈夫だと思うが慎重《しんちよう》すぎて悪いということはない。気を付けろ」

「千載一遇《せんざいいちぐう》のチャンスに勝負をかけなきゃ勝利はつかめませんぜ?」

「そうに違《ちが》いねえ!」

「……」

団員たちがキシュウ先生の慎重論を一笑《いっしょう》に付した。キシュウ先生はそれ以上何も言わなかった。

太陽の日という千載一遇のチャンスを目の前にして戦いの機運が俄然《がぜん》盛り上がってきた。そして出た答えは「攻《せ》め込むべき」だった。

邪教との勢力図争いがジリ貧なこと。一対多に持ち込めること。ターニャとアッシュの成長が決め手となった。


太陽の日まであまり時間がない。メンバーは俺、ターニャ、アッシュ、マルゴ、ジュノ、ザック、蒼の団の精鋭数名。今回の任務は数の多さは不要。敵に感付かれないで玉をとる。

旅の準備を手早く済ませた俺たちは、狼車を走らせ東の港町サンチェスに到着《とうちゃく》。鳥を使って一足先に知らせていたザックとラフィットの手下と合流した。ラフィットの手下はシーナさんという女性で、町娘《まちむすめ》の恰好《かっこう》をしていた。とてもこの手の仕事をこなすスパイなどには見えない。

そして海辺で俺は指輪から船を取り出し浮かべた。

「さあみんな乗ってくれ」

「これ大丈夫なのか?」

俺は半信半疑のみんなを促《うなが》し乗船させた。ドーム型のキャノピーを出したところ、快適なクルーズ船のようになった。船内の食糧庫《しょくりょうこ》の中にある食料や飲み物は一緒に指輪に収納することができる。

「すげえなこれ」

ジュノが驚いていた。

そして俺たちは北北東へと海路を辿《たど》り、ゼラリオン聖教国のある島を目指した。

海の旅は順調といってよかった。途中《とちゅう》サイクロンに襲《おそ》われ風防をした状態で波に飲まれてあわやということがあったが、何と海の中を潜航《せんこう》できた。わざわざ嵐《あらし》の中を行く必要もないので過ぎるまで海の中を進んだ。

針路についてはラフィットの手下であるシーナさんが航海用コンパスをもっていたので迷うことはなかった。

襲ってくる海のモンスターに対してはターニャとアッシュが魔法の射出点を船外に設定し遠距離《きょり》攻撃《こうげき》でたおした。海のモンスターは大抵雷《たいていかみなり》属性攻撃に弱かった。

『個体名：奥田圭吾《おくだけいご》は、鑑定Ｌｖ５を取得しました』

船を動かしている間はタッチパネルのような画面が常に出ており、目的地を指定した自動運転が可能だった。海が平穏《へいおん》な間は見張りを他の人にやってもらった上で眠《ねむ》ることができた。

航海に慣れたシーナさんでも、この船はおかしい。予定よりも早く目的地に着きそうだと言っていた。そしてようやく魔王のいる島に到着した。


シーナさんの指示で町とは離《はな》れた岸壁《がんぺき》に接岸すると、そこには別のスパイが待っていた。今度は優男《やさおとこ》という風体《ふうてい》の人物で、村で畑を耕していると言っても全く違和感がない。

「首尾《しゅび》はどう？」

「山の中に隠れ家を用意《が》している。太陽の日まで潜伏《せんぷく》しろ」

「了解《りょうかい》よ。では皆さん隠れ家まで案内しますね」

「お願いします」

俺は指輪に船をしまいつつ、隠れ家まで移動することにした。


隠れ家に潜伏すること三日、シーナさんの呼吸が荒《あら》く具合が悪そうだった。

「シーナさんどこか悪いんですか？　よければこれを飲んでください」

俺はパルナ解毒ポーションを差しだした。

「いえちょっとした持病なの。注射を打てば治るから」

そう言ってシーナさんは何かの液体が入った小瓶《こびん》を取り出すと、注射器でそれを腕《うで》に打った。インスリンのようなものだろうか。注射を打つと症状《しょうじょう》は治まったようだ。ただ。

「私には医療《いりょう》の心得がありまして、本当に困ったことがあれば相談してくださいね」

「ありがとう。でも本当に大丈夫だから」

シーナさんがどんな表情だったのかは隠れ家の暗さでわからなかった。


そして太陽の日がやってきた。先日の男スパイが町の様子を見に行ってくれた。

「今聖都では誰《だれ》も歩いていない。ギデオンは祭祀《さいし》の間にいる。シーナ案内しろ」

「了解。では私が扉《とびら》の前まで案内します」

「色々とありがとうございます」

俺は二人に頭を下げた。

「やめてください。これはあくまで仕事でやっているだけですから」

シーナさんは俯《うつむ》いてそう言った。では気を取り直して。

「今回の戦いは、負けられない戦いだ。だが何が起こるかわからない。皆冷静に状況を見極《みきわ》めて行動してくれ。ターニャとアッシュが太刀打《たちう》ちできないようなら即撤退《そくてったい》だ。いいな?」

俺の言葉に全員が無言で頷《うなず》いた。


俺たちはシーナさんの誘導《ゆうどう》で静まり返った偽《いつわ》りの聖都を駆《か》け抜けた。

もっと豪華《ごうか》な都市かと思いきや思ったより質素な町だったことが意外だった。魔王が自分だけ贅沢《ぜいたく》をしているというパターンかな。

実際に通りには人っ子一人いない。ラフィットさんの予測は大当たりのようだ。

それからひた走ること小一時間。シンメトリックというのだろうか左右対称《たいしょう》の建築物が見えてきた。それはギデオンの住む宮殿《きゅうでん》だった。だがしかし、門や床《ゆか》の造りといい俺の城と同等かそれ以下。どういうことだろう。

シーナさんによると、今、宮殿の祭祀の間でギデオンは独り本尊に祈りを捧げているとのこと。今はそちらに集中しよう。


そして俺たちは誰もいない宮殿の門を抜け祭祀の間の前に立った。


「……私はここまで。これは餞別《せんべつ》よ、さようなら」

シーナさんはそう言うと海で使っていたコンパスを俺に投げてよこした。そして彼女は足音も立てずに去っていった。去り際《ぎわ》、彼女はどこか物悲しい顔をしていた。


重い金属製のドアを開けると、だだっ広い空間が広がっていた。空間を血の色をした不穏《ふおん》な光が照らす中、お香《こう》でも炷《た》いたのか顔をしかめるような甘《あま》ったるい匂《にお》いが充満《じゅうまん》していた。

部屋の最奥《さいおう》には巨大な禍々《まがまが》しい邪神像《じゃしん》が鎮座《ちんざ》していた。邪神像は下から明かりを受け不気味な表情をしている。

そして像の前で座禅《ざぜん》を組んでいる作務衣《さむえ》姿の人物が音もなく立ち上がり、ゆっくりとこちらを振り向いた。

「魔王ギデオンだな？　お前を討《う》ちに来た」

その言葉を合図に俺たちは抜刀《ばっとう》、切っ先をギデオンに向けた。ギデオンは充血《じゅうけつ》した目でターニャとアッシュに視線を向ける。

「……」

無言のギデオンは作務衣を右手で体からはぎとるとカッと目を開いた。体の筋肉がメキメキと音を立て膨張《ぼうちょう》し、背中から滑《なめ》らかな女性的な腕が二本生えた。肌《はだ》は血の色に変色し、額には目玉が四つ。禍々しいオーラを放つ、異形《いぎょう》の怪物《かいぶつ》がそこにはいた。

【魔王ギデオン：○×■■○……×……○○……△】

異形となったギデオンを鑑定したところ、確かに魔王ギデオンだということはわかったのだが、肝《かん》心《じん》のステータスやスキルが何かに妨害《ぼうがい》されたかのように文字化けしていた。

「食らえ！」

俺は異形の姿となった魔王ギデオンに対し、グラシエスノヴァを放った。棒立ちのギデオンに光がギリギリと音を立ててぶつかる。

その隙《すき》に、ターニャとアッシュはギデオンの正面に飛び出し、マルゴ、ジュノ、ザック、団員は左右に散り、アースドラゴン素材の武器での遠距離攻撃を放った。

「ガアアアア！」

咆哮《ほうこう》と共に赤黒いオーラがギデオンの足元から発生。体に纏《まと》わりつき、オーラによって俺たちの攻撃は消失してしまった。しかし、それは想定済みだ。俺の狙《ねら》いは。

「皆、攻撃を絶やすな！」

こちらの手数を増やし、ギデオンに攻撃する暇を与《あた》えない。その隙にターニャとアッシュが接近して討ち取る策だ。

まず、ギデオンに近づいたのは巨大化したアッシュだ。神獣爪斬。

ギン！

アッシュの攻撃はギデオンの左腕《ひだりうで》のガードによって弾《はじ》かれた。しかしその隙に宝剣《ほうけん》デルムンドに手をかけたターニャが体中にオーラを込めていた。

「止水剣」

ターニャがヴァーリを仕留めた居合切りの必殺剣を繰《く》り出した。残像を残しギデオンの背後に高速移動したターニャ。同時に甲高《かんだか》い音を立て宝剣デルムンドは粉々に砕《くだ》け散った。

「ガアアアアア！」

魔王ギデオンは背中を向けている無防備なターニャに衝撃波《しょうげきは》を放った。

「危ない！」

ターニャの近くにいたジュノがターニャを突《つ》き飛ばす。ジュノは衝撃波を食らい壁《かべ》に叩きつけられた。地面に仰向《あおむ》けに倒れたジュノは目を開けたままピクリとも動かなかった。

「ジュノ！」

ターニャが悲痛な叫《さけ》び声をあげる。まずい。

「グラシエスノヴァ！」

俺は注意を再びこちらに向けるため攻撃を放つ。目くらましくらいにはなってくれ。

「みんな、撤退だ！　精霊樹の檻《おり》！」

俺は右手でグラシエスノヴァを発動しつつ注意を引き付け、左手で樹木魔法を行使した。すると大地から精霊樹が現れ魔王ギデオンに絡《から》みつき拘束《こうそく》することに成功。その隙にターニャがジュノを担《かつ》ぎあげ出口に向かって走り出した。

「グオオオオ！」

恐《おそ》ろしい咆哮をあげるギデオンに背を向け、俺たちは逃走《とうそう》した。

「風の精霊ジン、顕現《けんげん》せよ。ウインドカーペット」

祭祀の間を出たところでターニャが魔法を使った。すると新緑色の一〇畳《じょう》くらいの透明な絨毯《じゅうたん》が現れた。

「みんな乗って」

　全員が乗ると絨毯は高速で飛行した。魔法効果なのか飛行中不思議と風圧を感じることはなかった。絨毯に乗った俺たちはそのまま海に出た。


　それからしばらく海を進み。

「ここまで来れば大丈夫だろう。ターニャありがとう」

　俺は指輪から海面に船を出した。風の絨毯から降り船に乗り込んだ俺たちは木の床に倒れ込んだ。俺はシーナさんがくれたコンパスを取り出しタッチパネルを操作。船をオート運転にした。その後船内の貯蔵庫に入っている飲み水を取り出し全員に配った。ターニャは真っ青な顔で水を飲みもせずただ茫然《ぼうぜん》としている。

「ケ、ケイゴ。ジュノが……」

　床に倒れ微動《びどう》だにしたないジュノを見たターニャが目に涙《なみだ》を浮かべている。

　俺はすぐにジュノの脈や鼓動《こどう》、呼吸、目の対光反射を確認した。これは死亡と判断するしかない……。俺は開いたジュノの両目を手のひらで閉じた。

「ジュノは死んでいる」

　俺は皆にそう告げた。マルゴとザックが肩《かた》で息をしながら地面に手をついて俯いた。元の小さなサイズに戻ったアッシュは「クーン」と鳴きながら、ジュノの血のついた頬《ほお》をペロペロと舐《な》めている。

マルゴが、床を思い切り殴《なぐ》りつけた。

これは最終的に判断をした俺のミスだ。だからやれることがあるのなら、まだ諦《あきら》めるわけにはいかない。

「ターニャ、ジュノの体が傷《いた》まないように氷魔法で氷漬《づ》けにすることはできるか？」

「うん？　魔法は使えるけど今は魔力が切れていて使えないよ。ポーションもさっき飲んだばかりだから、ポーションで回復することもできない」

涙声《なみだごえ》のターニャが俺を見上げ悲しそうに言った。

「魔力なら大丈夫だ、これで回復することができる。フォレストヒール」

俺はターニャの頭に左手を乗せ樹木魔法を行使した。

「これでいけるか？」

ターニャが短く頷く。

「氷の上位精霊シルヴァ顕現せよ。アイスコフィン」

ターニャが唱えるとジュノの体に冷気が降り注ぎ、見る見るうちに透明な氷が包んでいった。そして氷の棺《ひつぎ》が完成した。

「これは魔法の氷だから、ちょっとやそっとでは融《と》けないし砕けないと思う。でも……」

それからターニャは、ジュノの頬を舐められなくなって悲しそうにしているアッシュの体に顔を埋《うず》めた。

「とにかく家に帰ろう。町でみんなが待っている」

俺はそれだけを伝えると、床に疲《つか》れた体を預け、船の操縦を自動モードに切り替えて前進させた。

第五章

氷の棺と冷たい接吻《くちづけ》

shousyaman
no
isekai survival

k-256

季節は秋。

氷で覆《おお》われたジュノの遺体を乗せた狼車《ろうしゃ》は、ようやくイトシノユリナへと辿《たど》り着くことができた。

皆《みな》にどう伝えようかと考えたが、何も思いつかなかった。エルザの目を見て話をする自信が全くない。

「……俺《おれ》が腹を括《くく》らずにどうする」

俺は自分に活を入れる。事実は事実として受け止め、冷静に考え希望を失わないことが大切だ。俺たちはこれからも生きていかねばいけないのだから。

「ジュノ、お前いつまで寝《ね》てんだよ。お前はこんなところで死んでいい人間じゃねえだろ?」

俺は氷のオブジェとなったジュノと氷面に映る自分の疲《つか》れ切った髭面《ひげづら》を眺《なが》めながら、彼《かれ》に文句を言った。

魔法《まほう》の氷に覆われたジュノの遺体は、シャーロットの教会の霊安室《れいあんしつ》に安置することにした。神出《しんしゅつ》鬼没《きぼつ》であまり姿を現さないグラシエス様であるが、この教会には縁《えん》が深い。それに、グラシエス様の像には聖なる力があるので、近くに置いておくと加護があるような気がしたのだ。

そして知らせを聞いた皆が、続々と教会に集まってきた。そして、一歩遅《おく》れてエルザが教会に入ってきた。

「ケイゴ？　ジュノが死んだなんて、冗談《じょうだん》よね？」

エルザが不自然な笑顔《えがお》で霊安室の外に立っていた俺に問いかけてきた。俺はエルザから目をそらしたい気持ちを堪《こら》えて、彼女《かのじょ》の目を見ながら言った。

「本当にすまないエルザ。全部本当のことだ。霊安室にジュノの遺体がある。氷漬《づ》けになっているのは理由があって……」

エルザは俺の言葉を最後まで聞かず、静止を振《ふ》り切って霊安室に入っていった。そして、氷漬けになったジュノの遺体を見てしまった。

「嘘《うそ》……、こんなの嘘よ！　ジュノは絶対に私の元に生きて帰るって約束してくれたもの!!」

エルザが激しく動揺《どうよう》する。声を震《ふる》わせながらジュノの氷漬けの遺体に縋《すが》り付き力の限り泣いた。見ていられなくなった俺は、一人静かに霊安室を離《はな》れ礼拝堂の椅子《いす》に腰《こし》かけた。俺はグラシエス様の神像をボンヤリ眺め、ただただ時間が経《た》つのを待つことしかできなかった。

そこかしこで嗚咽《おえつ》が聞こえていた。サラサ、ジュノの母親のナティアさん、ユリナさん、蒼《あお》の団の団員、町のみんな。ジュノが、どれだけ愛されていたのかがわかる。

自覚はないけど、もしかすると俺も皆と同じように悲しいのかもしれない。

俺はジュノともっともっと話がしたかった。人間嫌《ぎら》いな俺が、人と関《かか》わることを選ぶことができたのはジュノのおかげに違《ちが》いない。ジュノが全く人と関わろうとしない、どうしようもない俺と友達でいてくれたから、きっと俺は今日まで生きたいと強く願うことができたんだ。

「どうしてもお前と話がしてみたくてランカスタ語を覚えたのに、これじゃもう意味がねえじゃねえか」

俺はもうこの世にはいないジュノに、わけのわからない文句を並べ立てていた。すると、いつの間にか目の前がぐにゃりと盛大《せいだい》に歪《ゆが》んできた。気が付けば教会にいた全《すべ》ての人と同じように、俺は人目も憚《はばか》らず声を出して泣いていた。

きっと誰《だれ》よりもジュノの死が悲しかったのは自分で、だからこそ彼の死という現実から目を背《そむ》けていたのだとそこで初めて気が付いた。

k-257

ジュノを失ってしまった俺は、一人になって色々と考えることにした。悲しみに浸《ひた》り続けていると、心が押《お》しつぶされそうな気がした。だから、俺は希望を捨てたくないと思った。まずは事実の分析《ぶんせき》からだ。

俺は先の見通せない状況《じょうきょう》の中、「ギデオンが一人になる瞬間《しゅんかん》がある」という、一見有益そうな情報に焦《あせ》って飛びついてしまった。商売や投資でも分析不足な状態で意思決定し、大損するということはよくある。バンデットとデルムンドの遺跡《いせき》調査、アンリエッタ様がシエラさんを鍛《きた》えると言っていたこと、まだまだハマっていないピースや不確定要素が沢山《たくさん》あった。魔王討伐《まおうとうばつ》については、まずはそれらの情報を確定させてから動くべきだった。

そして一番重要なのは、損失のリカバリーだ。現段階では眉唾《まゆつば》ものと言う他ないが、俺はジュノを生き返らせる方法に一つだけ心当たりがあった。「生き返らせる」というワードを考えている時点で怪《あや》しいが、ここは魔法があるような世界だ。一〇〇%ありえないわけじゃないと思う。

……

「皆に聞いてほしい話がある」

ジュノの訃報《ふほう》が流れてから一夜明けた翌日。まだ、ジュノの死に皆の動揺が収まっているはずもない。だがこの話は、今だからしておかなければならないと思った。

俺は主だった人たちに声をかけ、いつもの会議室に集まってもらった。サラサにエルザの様子を見てきてもらったが、ふさぎ込《こ》んでしまい家から出られる状態ではなかった。

「王都で俺は王族の書庫に入る機会があってね。その中に『不死鳥の霊薬《れいやく》』と呼ばれる薬があった。その薬を飲ませれば、一〇〇人に一人の確率で死者が生き返るという記述がある。俺はこの薬でジュノの蘇生《そせい》を試《ため》したい」

「ジュノが生き返るかもしれないってこと？」

サラサは半信半疑な様子。

「そうだ。だから知恵《ちえ》を貸してくれ。古文書《こもんじょ》にはイリユーネ草の花の蜜《みつ》、神獣《しんじゅう》の毛、イレーヌ薬草、ムレーヌ解毒草を材料に魔力《まりょく》を込め、煮込《にこ》むと虹《にじ》色の液体、不死鳥の霊薬ができるとあった。この神獣とはもしかするとアッシュのことかもしれないし、そうじゃないかもしれない。そしてイリユーネ草の花の蜜については、俺はユリナさんからこの吟遊詩人《ぎんゆうしじん》の詩を聞いたことがある。レスタでは割と有名な詩だそうだね」

全員が驚《おどろ》きの表情となった。

「確かにイリユーネ草の詩は、レスタの酒場では吟遊詩人がよく歌う歌だけど。死者が生き返るという話だったかしら？」

サラサが首をかしげる。確かに古文書の内容とは少し異なる。
「ユリナさん、俺たちが出会ったあの日。君が教えてくれたイリューネ草の物語、もう一度教えてくれないか？」
「ええ、もちろん構わないけど」
ユリナさんは俺のリクエストに応《こた》えて吟遊詩人の詩を教えてくれた。

……

西の峻険《しゅんけん》な山脈のどこかに樹齢《じゅれい》一万年を超《こ》える神樹があり、その根元に『イリューネ草』と呼ばれる、銀色に光り輝《かがや》く花が自生している。その神樹は恐《おそ》ろしい魔獣たちに守られている。その花の蜜が万病に効くという言い伝えがある。
万能薬《ばんのうやく》はイリューネ草の花の蜜、イレーヌ薬草、ムレーヌ解毒草、神樹を守護する神獣の毛が必要だと伝承では語られている。

……

「その詩には、続きがあるわ。私はお母様から聞いて、私はジュノに子守歌代わりに聞かせていた。これはレスタの民《たみ》たちの間で昔から語り継《つ》がれてきたもの。そうね、続きは……」

ジュノの母親のナティアさんがユリナさんの詩を引き継いだ。

……

人々を苦しめた邪悪《じゃあく》な魔物《まもの》を倒《たお》すために立ち上がった騎士《きし》と魔法使《まほうつか》いは冒険《ぼうけん》の旅に出る。邪悪な魔物との戦いで傷ついた騎士を背負った魔法使いは、神獣の泉に辿り着く。そして魔法使いは、騎士の命を救ってほしいと神獣に願う。そして魔法使いは神獣に言われた通り、イリューネ草の花の蜜、イレーヌ薬草、ムレーヌ解毒草、神獣の毛を魔力を込めて混ぜ合わせ虹色の万能薬を作る。それを飲んだ騎士は復活し、邪悪な魔物を倒しました。

……

「確かにその文脈だと、騎士は一度魔物に殺されて蘇生したと考えることもできるわね」

サラサが少し興奮気味に言った。

「おそらく『西の峻険な山脈』とは、レスタの町から西の方向に見えていた山脈のことだと思うけど。ナティアさん、もっと詳《くわ》しいことはわからないですか？」

俺は聞く。

「確か場所を地図で教えてもらったことがあったはず。……そう、この辺り」

レスタ周辺の詳細《しょうさい》地図をサラサがテーブルに開き、ナティアさんが山脈のある一部分を指し示す。

それを見ていた、キシュウ先生が口を挟《はさ》む。

「その伝承なら俺も親から聞いたことがある。場所も同じだ。万能薬など眉唾《しんぴょうせい》ものだと思っていた。だが古文書と口伝の伝承という出どころが異なる情報が一致《いっち》する場合、その信憑性は一気に高まるだろう。駄目《だめ》で元々だ、探しに行ってみろ」

「キシュウ先生ありがとうございます。ギデオン討伐の際慎重《しんちょう》になれという忠告があったのに、スルーしてしまった自分を殴《なぐ》りたいです。とにかく俺、やってみます」

「ああ、気にするな。俺にも確信があったわけじゃないからな」

「なんだか、本当にジュノが生き返るような気がしてきたわね。ちょっと思ったんだけど、イリュ一ネ草が自生する場所に神獣がいるのなら、アッシュならその場所に辿り着けるんじゃない？」

サラサの目が期待に満ちている。

「そうかもしれない。俺はターニャとアッシュを連れて、この地図の場所に行ってみるよ」

しかしそこで。

「盛り上がっているところに水をかけるようでスマンが、今ここで話していることはエルザには黙《だま》っといてくれんか？　期待させといて『やっぱり駄目だった』なんて残酷《ざんこく》なことだけはしちゃいかん」

それまで腕《うで》を組んで黙って聞いていたマルゴが俺たちに釘《くぎ》を刺《さ》した。

エルザ6

――エルザ！　どうだ、凄《すご》いだろ。これならどんなモンスターだって倒せるぞ！

――大丈夫《だいじょうぶ》、絶対に生きて帰ってくるさ。帰ってきたら、また、俺の好物のスープを作ってくれよな。

――あなたを生涯《しょうがい》愛します。私の大地となってください。

――可愛《かわい》いなあ。これで、俺も父親だな。エルザ、実は名前を考えてあるんだ！

何故《なぜ》だろう。こんな時に限って、幸せそうな彼の笑顔ばかりが浮《う》かんでくる。そして彼の笑顔が浮かぶ度《たび》に、もう二度とその笑顔を見ることができないという現実を突《つ》きつけられ涙《なみだ》が溢《あふ》れて止まらなくなる。

辛《つら》い、悲しい。生きるのが苦しい。

まるで私の生きている世界が、全て凍《こお》り付いたように感じる。彼は変わり果てた姿となり氷の中にいた。彼の肌《はだ》に触《ふ》れることすらできなかった。氷越《ご》しにするキスの味は、とても冷たいものだった。そんなことをしても彼が死んでしまったという現実を突きつけられるだけで辛いだけなのに。

昨日から、ジュノの母親であるナティアさんが私を心配して来てくれている。

全く食欲がなくベッドから起き上がるのも苦痛だ。お義母《かあ》さんがそんな私のために消化によさそうな食べ物を作ってくれた。でも何かを口に入れてもすぐに吐《は》いてしまう。

家に帰ってからも散々泣いた私はあいかわらず食欲がなく、起き上がる意欲もなく、かといってぐっすり眠《ねむ》れるわけでもない。ただジュノとの思い出がぐるぐると頭の中で繰《く》り返されるばかりだ。

コンコン

ドアがノックされた。

「エルザ辛いのにごめんね。少しずつでもいいから食べるのよ。でも今は沢山悲しんでもいいの。悲しむことは悪いことではないわ」

「お義母さん、本当にごめんなさい……」

鏡に映る私の顔には酷《ひど》いクマができていた。お義母さんが心配するのも無理のないこと。お義母さんは食事の載《の》ったトレーをサイドテーブルに置いた。

「いいのよ。私も夫を亡《な》くしたからわかるわ」

ジュノのお父さんが病気で亡くなったとき、きっとお義母さんもこんな身をもがれるような辛《つら》さを味わったんだ。お義母さんは今度は息子《むすこ》を亡くした。辛いはずなのに、なんて強い人なんだろう。

するといたドアから私の天使が入ってきた。

「まーま！」

よちよち歩きのリンがふさぎ込んでいる私を心配して、ベッドの枕元《まくらもと》に来てくれた。リンを抱《だ》っこすると天使のような笑顔で私の頭を撫《な》でてくれた。

するとジュノとの思い出が頭の中に溢れてきて止まらなくなった。私は再び慟哭《どうこく》した。

「まーまいたいの？　いたいのいたいのとんでけー」

リンに頭を撫でられた私はただただ布団《ふとん》に突っ伏《ぷ》して泣くことしかできなかった。

「リンちゃん。向こうでバーバと一緒《いっしょ》に遊びましょうね」

「あい！」

リンは右手を上げて元気いっぱいに返事をすると、お義母さんと手を繋《つな》ぎ部屋を出ていった。

それから私は泣き続けた。泣き疲れて目を閉じても眠れない。再びジュノとの楽しい思い出が次々と浮かんでは消えていく。そして、彼がもうこの世にはいないという残酷な現実を突きつけられ絶望する。それが無限にループする。

こんな生き地獄《じごく》を味わい続けるくらいならもう逃《に》げてしまいたい。彼との楽しい思い出が消えてなくならないうちにこの世からいなくなりたい。

お義母さんが作ってくれた料理はサイドテーブルで手つかずのまま、とうに冷め切っていた。私は果物の皮むき用ナイフが料理と一緒に置かれていることに気付いたが、何もやる気が起きず、ただただ虚《うつ》ろな目を天井《てんじょう》に向け続けた。

「エルザ、具合はどうだ？」

汚泥《おでい》のような思考で頭の中が一杯《いっぱい》になっていると、ドア越しに声がかけられた。それは優《やさ》しい顔をしたキシュウ先生だった。キシュウ先生は私の手の届く範囲《はんい》から果物ナイフを取り上げると果物を剥《む》いてすりおろしてくれた。そしてそれに何かの薬を混ぜスプーンで食べさせてくれた。するとさっきまでの変な思考がなくなり安心した私はいつの間にか眠りに落ちていた。

k - 258

「蘇生の成功率に遺体の保存状態が関係しているかもしれん。すぐに出発しようと思う」

それを聞いた巨大化《きょだいか》したアッシュが俺を鼻先でつついた。

「ケイゴ、わたしアッシュの背中に乗っていくのが早いと思うな」

とターニャ。確かにそうかもしれない。

「今回は俺とターニャがアッシュに乗って行ってみるよ」

それから俺はバックパックに荷物をぶちこむと地図を頼《たよ》りにレスタ西の山脈を目指すことにした。

荷造りの合間どうしても今確認しておきたいことがあったので、ある人物に手紙をしたため荷物と一緒に送った。

景色が猛《もう》スピードで流れていく。

今俺は地面から少しだけ浮かんだ状態で高速移動するアッシュの背中に乗っている。揺《ゆ》れや風の抵抗《ていこう》を全く感じず、これはギデオンから逃げるときに乗ったターニャの風魔法と同じだ。風の抵抗を感じないのは風を防ぐ膜《まく》のようなものがあるからだった。俺はアッシュが魔力切れを起こさないように定期的に樹木魔法をかけた。

そしてようやくレスタ西の山麓《さんろく》に到着《とうちゃく》した。

「アオオーーン!!」

森の中アッシュが遠吠《とおぼ》えを始めた。すると遠くから遠吠えが返ってきた。

アッシュがお座りをして俺を見つめてきた。どうやらここで待てということらしい。

水を飲みながらしばらく待っていると、草をかき分けブルーウルフがやってきた。ブルーウルフはジッとアッシュの目を見てから俺たちに背を向けた。どうやら付いて来いということらしい。

俺とターニャはアッシュの背に乗りブルーウルフの後ろに付いて行くことにした。

今現在高度一キロメートルオーバー。周りには雪景色が広がっておりもはや植物は生えていない。

前人未踏《ぜんじんみとう》の領域といっても異論はなさそうだ。

見下ろせば、遥《はる》か彼方《かなた》に地表が見える。それでもまだ山頂は見えていない。

先導するブルーウルフは切り立つ崖《がけ》の数少ない足場を利用し、軽《かろ》やかに登っていった。俺たちもそれに付いて行く。ターニャとアッシュはスキルで空中を歩くことができるが、俺にはできない。落ちれば確実に死ぬだろう。俺はアッシュに必死でしがみついていた。

ターニャがアッシュプラスアルファの範囲で気圧や気温を風魔法で調節してくれたため、寒かったり頭が痛くなったりはしなかった。


そして崖を登り切ったその先にはまるで違う景色が広がっていた。そこはどこか神々《こうごう》しい雰囲気《ふんいき》のある狼の楽園ともいうべき場所だった。

見たこともない草花や果実。清らかな雪解け水が池となり、辺り一面に薄緑《うすみどり》色に発光する小精霊《せいれい》が浮遊《ふゆう》していた。そんな中、ブルーウルフたちが水浴びをしたり、果物や獲物《えもの》を食べたりと思い思いに過ごしている。子狼も蝶々《ちょうちょう》を追いかけたりと実に平和的だ。

そして池の奥《おく》には、樹皮や枝葉が翡翠《ひすい》色に光り輝く巨大な樹木があった。そしその樹木を守るように毛並みが銀色に輝く一体の巨獣《きょじゅう》が寝そべっていた。

俺たちがそんな風景に見とれていると先導してくれたブルーウルフがいつの間にかいなくなっていた。

巨獣もブルーウルフたちも俺たちを警戒《けいかい》している様子はない。アッシュから降りた俺はターニャの手を引き巨獣に近づいてみることにした。

銀色の巨獣は寝そべったまま俺たちにキラキラとした瞳《ひとみ》を向けていた。とても思慮《しりょ》深い目だと思った。すると元の子狼に戻《もど》ったアッシュが巨獣に向かって駆《か》けだした。

「ははは、くすぐったい。やめよ」

「ワンワン！」

巨獣はアッシュに突撃《とつげき》されくすぐったそうに笑った。アッシュは巨獣の長い体毛に絡《から》まり身動きが取れなくなった。それでもまだ小さな手足をジタバタさせている。あーあ、あれほどくの大変だぞ。アッシュはお布団に突っ込んで抜《ぬ》け出せなくなったりとイタズラばかりだ。まあそれが可愛いんだけど。

俺は毛に絡まったアッシュをターニャと一緒にサルベージすることにした。

そしてアッシュの救出作業が完了《かんりょう》した俺たちは巨獣の前に改まった。

「よくきたな人間。お前たちのことは全てブルーウルフから聞いている。俺の子を育ててくれてありがとうよ」

「初めまして俺はケイゴオクダといいます。アッシュの父親でしたか。いきなりで申し訳ないのですが今日はお願いごとがあってきました。ですがその前にあなたに謝《あやま》らないといけないことがあります。アッシュの母親のことです」

俺は「全てを聞いている」と言った巨獣に対し、それでも謝罪しなければならないと思った。

「わかっている。お前を食おうとしてあいつは返り討ちに遭《あ》ったんだろう？　俺たちのルールではそれは謝《あやま》ることじゃない。強いヤツが弱いヤツを食べる。弱いヤツはさらに弱いヤツを食べる。そうやってみんな生きている。だからお前が負い目に感じる必要はない」

獣のルールでは戦いに勝ち負けはあっても恨《うら》みごとはないといったところか。確かにライオンがインパラを狩《か》ったところでインパラに逆恨《さかうら》みされるなんて話は聞いたことがない。

「ありがとうございます、少しだけ気持ちが軽くなりましたよ。で、お願いというのは私の死んでしまった友人を生き返らせるためにイリューネ草の花の蜜を頂きたいんです」

アッシュ父は俺たちをしばらく見つめた。

「そこの娘《むすめ》は勇者だな？　そして魔王に挑《いど》んで仲間が死んだと」

「ええ、そうです」

「……ぷっ！　くはははは！　ククノチ様聞きましたか？　やりました！　待った甲斐《かい》がありましたよ！」

豪快《ごうかい》に笑うアッシュ父。俺とターニャは息で飛ばされそうになるのを堪えたが、小さなアッシュはコロコロと転がり池ポチャしてしまった。

「アッシュ！」

俺は青くなってアッシュを追いかけ、再び池からサルベージするハメになった。

「クーン……」

ビショビショになったアッシュが情けない声で鳴いている。俺はアッシュと自分の服をウインドで乾《かわ》かしていた。

「すまん……。イリューネ草は確かに俺の後ろにある神樹様の洞《ほら》にある。ただまあ蕾《つぼみ》は月が天に昇《のぼ》らないと開かないのでな。夜まで俺の話に付き合えよ」

アッシュ父はそう言うとブルーウルフたちに見たことのない不思議な果物や木の実を持ってこさせた。正直なところ一刻も早く素材を持ち帰りたいところだが採取できないものは仕方がない。

「もちろんですよ」

俺はアッシュ父に返事をした。

ターニャとアッシュはアッシュ父のモフモフの体に突っ込んだ後、遊び疲れてそのまま眠ってしまった。それから俺はアッシュ父と色々な話をした。

先代勇者は魔王と刺し違えて死んでしまったこと。ククノチ様がゼラリオンに襲《おそ》われ大きく負傷してしまったこと。目の前の神樹は樹木神ククノチ様が先代勇者を蘇生させるため、そして傷ついた自分の体を癒《い》やすためにとった姿であること。アッシュ父はそれを守っていること。先代勇者は結局復活することはなかったこと。新しい勇者が現れることを長年待っていたこと。そして今俺たちが一番必要としている「不死鳥の霊薬」の作製手順と各素材の配合割合を教えてくれた。

色々と語り終えたアッシュ父は沈黙《ちんもく》するとジッと俺の目を見つめた。

「それにしてもお前は不思議な魂《たましい》の色をしているな。それに契約《けいやく》に耐《た》えうる資質がある。だが勇者とも違う。お前は何者なんだ？」

「実は俺は……」

俺はアッシュ父に対し別の世界からやってきた人間であることを告げた。

「ここは違う世界の人間が神の気まぐれでやってくることがあると聞いたことがある。少しだけ待っててくれ」

そう言ったアッシュ父は目を閉じ神樹に鼻をこすりつけた。

「ククノチ様のお許しを得た。本来契約相手は一人なのだが先代勇者はもうこの世にいない。お前の名前をもう一度教えてくれ」

「なんだ？　ケイゴオクダだが」

「我が名はシルベスト。ククノチ様に仕える神獣なり。シルベストの名をお前の魂に刻むがいい」

「あんた何を言って……はあっ⁉」

シルベストが体から光の粒子《りゅうし》を放出するのを見て、俺は素《す》っ頓狂《とんきょう》な声をあげた。光の粒子は俺の胸に吸い込まれる。俺の胸からも光の粒子が放出されシルベストの体に吸い込まれていった。

『個体名：奥田圭吾《おくだけいご》、個体名：シルベストの魂の契約が締結《ていけつ》されました。それに伴《ともな》い個体名：奥田圭吾は、スキル、神獣合身を取得しました』

不意に機械的な音声が響《ひび》き画面がポップアップする。

「俺はククノチ様をお守りしなければならんのでこの場所を離れることはできん。だが俺の力が必要なときは貸してやる。俺の名を唱えろ。この子たちのことは頼《たの》んだぞ」

俺はその言葉に力強く頷《うなず》き魔王討伐への気持ちを新たにしていると。

――キュイピー！　アタチからも頼むにゅ？　あとこれはアタチからの餞別《せんべつ》にゅ。にゅにゅにゅのにゅ～♪

「んん？」

ゴスッ！

「～～～っ！」

場違《ばちが》いな女の子の声に辺りをキョロキョロしていたら、突然《とつぜん》俺の頭に硬質《こうしつ》なナニカが落下した。俺は声にならない声をあげてのたうちまわった。

――あわわわ！　ゴメンにゅ？　悪気はないのにゅ。あ、その枝はエリューンの指輪にしまえるにゅ♪

誰だか存じ上げませんが可愛く言ってもだめです。俺がガラの悪いにーちゃんならゴメンじゃすまないところですよ？　さ、このファイアダガーで目の前の神樹でも燃やすか。

——駄目にゅ‼　やめるんだにゅ〜〜‼


あ、心読まれた。それにしても駄女神《だめがみ》感半端《はんぱ》ないな。

「なあシルベスト。俺の中で威厳《いげん》のある神様のイメージがゲシュタルト崩壊《ほうかい》を起こしてるんだが」

「ククノチ様は再生と癒やしを司《つかさど》る女神だからな。声もお姿も可愛らしいのだ」

誇《ほこ》らしそうに語るシルベストを見て、俺はあまり深く考えるのをやめにした。そして俺はククノチ様の助言に従って神樹の枝を指輪に収納。木材ならなんでも収納できるっぽいなこれ。

「そういえばククノチ様はゼラリオンから襲われる危険があって、神樹の姿になっているのは傷を癒やしているからだったよね？　俺他の神様に心当たりあるから助けてもらうかい？」

「それは要《い》らぬおせっかいだ。神は他の神との貸し借りを好まない。そもそもククノチ様は他の神と神通力で会話することができるからな」

へえ。

それからシルベストは自分のお腹《なか》に埋《う》まって眠るアッシュとターニャを見た。

「子供たちはまだ契約を済ませてないみたいだな。俺が補助してやるから勇者の名前を教えろ」

「ターニャです」

それを聞いたシルベストはターニャとアッシュに目を向けると目を閉じ深く息を吐く。するとターニャとアッシュの体から粒子が立ち上りお互《たが》いの体に吸い込まれていった。

「これで大丈夫だ。さてそろそろだな」

シルベストは巨体《きょたい》を移動し神樹の洞に月の光を導いた。中を見ると銀色に輝く花の蕾が月の光を浴びて開き始めようとしていた。

俺は小瓶をポケットから取り出して花が完全に開くのを待つ。そして美しく咲《さ》いたイリューネ草の花から少量の雫《しずく》が浮《う》き出るのを確認《かくにん》、俺は花の真下に細心の注意を払《はら》い小瓶を添えた。そして小瓶の中に雫が滴《したた》り落ちた。

俺たちはイリューネ草の花の蜜を手に入れた。

k-259

シルベストは別れ際《ぎわ》こんなことを言った。

「お前、神樹の枝をククノチ様から頂いただろう?」

「俺の頭を犠牲《ぎせい》にしてな」

「あれはお前が作ろうとしている神鉄の材料になる。魔王に勝ちたいのならそれで勇者とは別にお前の装備を作れ。神の力を使った防御《ぼうぎょ》には神の力を使ってしか破れない」

なるほど、確かにそれは理屈《りくつ》が通っている。ギデオンのあのとんでもない装甲《そうこう》が神の力であるということであれば納得《なっとく》がいく。ジュノを生き返らせたあとの当面の目標ができたな。

イトシノユリナに戻った俺はろくに挨拶《あいさつ》もせず水辺のアトリエにこもった。

まずはポーション調合用の鍋《なべ》で湯を沸《わ》かす。そして不死鳥の霊薬の素材であるイリューネ草の花の蜜、神獣の毛、イレーヌ薬草、ムレーヌ解毒草を台に並べる。神獣の毛は念のため本家本元のシルベストから頂戴《ちょうだい》した。

最初は弱火に調節。イレーヌ薬草とムレーヌ解毒草を8：5の割合で鍋に投入、魔力を込めてかき混ぜつつ煮込む。その後神獣の毛を投入しさらに魔力を込めてかき混ぜる。液体が銀色になったら、今度はイリューネ草の花の蜜を投入しさらにかき混ぜる。すると液体が様々な色に目まぐるしく変化し虹色になった。

【不死鳥の霊薬：死者に使用することで、一〇〇回に一度の確率で蘇生することが可能。死体の保存状態が成功率に影響《えいきょう》する。一度失敗した場合、再度の使用不可】

「できた」

古文書にあった通りのものが完成した。だがあまり感動はなかった。俺が本当に望んでいるのは薬の完成ではないからだ。

鑑定《かんてい》結果に「死体の保存状態が成功率に影響する」とある。俺は焦る気持ちを落ち着け、慎重にポーション瓶に霊薬を注ぐとジュノの遺体が安置されている教会の霊安室に向かうことにした。

外に出ると秋が終わりを告げようとしていた。白い雪虫がそこかしこに浮遊し、雨に濡《ぬ》れた落ち葉の匂《にお》いがする新鮮《しんせん》な空気が肺を満たす。こんな気持ちのいい日にはきっと良いことがあるはずだ。

「もうそろそろ初雪だな。今年もまたみんなで見たいな」

俺はアッシュウルフのマントで口元と体を包み、アトリエから教会へと続く石畳《いしだたみ》のストリートを足早に歩いた。途中《とちゅう》町を警備していた団員がいたのでみんなに教会に集まるよう伝言を頼んだ。

教会の霊安室に入ると、エルザが立ったまま氷漬けになったジュノの遺体を虚ろな表情で見おろしていた。頬《ほお》には涙の跡《あと》があり目が腫《は》れている。緑色の髪《かみ》も乱れており憔悴《しょうすい》しきっていた。俺が近くにいることにも気付かない。

「エルザ」

俺は静かに声をかけるがエルザは虚ろな表情のまま無反応だった。俺はああ、と思った。きっとエルザの心はジュノのところにあるんだ。エルザを取り戻すためにもジュノは絶対に生き返らせないといけない。

しばらくすると俺の伝言を聞いたマルゴ、サラサ、ターニャ、アッシュ、ユリナさん、ナティアさん、キシュウ先生が次々と霊安室に入ってきた。それでもエルザは虚ろな表情でジュノの遺体を見つめるばかりだった。

「エルザ、きっと大丈夫」

サラサが憔悴しきったエルザを後ろから抱きしめた。

「本当にできたのか？」

キシュウ先生が俺が手にしている虹色の液体に気付いた。

「ええ。鑑定結果は古文書にある通りのものでしたよ」

俺は虹色の液体をみんなに見せた。

「これが不死鳥の霊薬だ。これからジュノを復活させる」

その場にいた全員がゴクリと唾《つば》を飲み込んだ。俺とターニャはジュノの遺体の前に立った。

「じゃあターニャ、頼む」

「うん」

ターニャが右手をジュノの氷の棺にかざすと甲高《かんだか》い音とともに氷が砕《くだ》け散り、結晶《けっしょう》が空中に霧散《むさん》した。寝台《しんだい》には冷たくなったジュノが眠っている。

「お前いつまでエルザにこんな顔をさせているつもりだ。早く目を覚ませよ」

俺はジュノの口に霊薬を流し込み、頭と体をもち上げてそれを飲みこませた。しかしジュノが目覚める様子はなかった。俺の中の期待の気持ちが不安と焦燥《しょうそう》に変わっていった。

「起きろジュノ！」

「起きてよ、ジュノ！」

マルゴとサラサがジュノに声をかける。

「パーパ、おっきよ！」

「あ、リンちゃん駄目よ」

娘のリンちゃんがジュノの元にてててと駆け寄り体をゆすった。

すると次の瞬間ジュノの体から色とりどりの光が溢れ出した。そして光が収まる。

ドクン

大きな鼓動《こどう》の音がしたような気がした。

ドクン　ドクン　ドクン

いや気のせいじゃない。鼓動の音だ。ジュノの顔に生気が戻り、呼吸で胸が上下している。

「ジュノ！」

俺は叫《さけ》んでいた。するとジュノがゆっくりと目を開いた。

「あれ？　ここはどこだ？　ケイゴお前何泣いてるんだよ。魔王はどうなった？」

「このアホたれ。心配かけやがって」

俺は右腕《みぎうで》で涙をぬぐった。

「やった……、やったぞ！」

マルゴが叫んだ。サラサやユリナさん、ナティアさんもジュノに駆け寄った。

「あれ？　なんでみんないるの？　エルザも」

全員がエルザを見る。

「エルザ……」

サラサがエルザの手をとりジュノの顔に触れさせる。すると虚ろだったエルザの瞳に光が宿りみるみるうちに涙が溢れた。そしてエルザは声にならない嗚咽を漏《も》らし泣き崩《くず》れた。

「なんでエルザが泣いてるんだ？」

「ママ、いいこいいこ」

エルザの頭を撫でるリンちゃんに全員がほっこりする。歓喜《かんき》に包まれる中ジュノだけが腑《ふ》に落ちない顔をしていた。

第六章　運命人

shousyaman no isekai survival

k-260

生き返ったジュノは念のためキシュウ先生の病院に入院した。

俺《おれ》は毎日のように見舞《みま》いに行った。

エルザはジュノにつきっきりで看病していた。エルザは見違《みちが》えたように笑うようになった。リンちゃんもママが元気になって嬉《うれ》しそうだ。

「うわあキレイ。ケイゴありがとう！」

エルザは鼻歌を歌いながら俺の渡《わた》した花束を花瓶《かびん》に生ける。あのままジュノが生き返らなかったらエルザはどうなっていたかわからない。生き返らせることができて本当によかった。

団のみんなもジュノを見舞ってくれた。彼《かれ》らは退院したらジュノ復活祭をすると盛り上がり、広場のステージでまたマンザイの練習を始めた。ジュノが死んで元気がなかったので本当によかった。

ある日、城に来客があった。先日聖教国に先導してくれたシーナさんだ。シーナさんはラフィットの手紙をもってきてくれていた。

「シーナさんコンパスをありがとう。おかげで命拾いしたよ」

「別にあなたのためなんかじゃないわ」

シーナさんは色々と悩《なや》みを抱《かか》えていそうだ。それから俺はシーナさんとギデオンの動きについて情報を交換《こうかん》した。

「また何かあるなら相談に乗りますから」

「あなたやっぱりいい人ね」

シーナさんはあの時とは違《ちが》う晴れやかな笑顔《えがお》で応《こた》えてくれた。

それから俺はシーナさんから受け取ったラフィットの手紙を開いた。

……

親愛なるケイゴオクダへ

魔王《まおう》ギデオン討伐《とうばつ》失敗の件は部下から聞いた。まずはこちらの不手際《ふてぎわ》を謝罪させてほしい。魔王側の情報に踊《おど》らされてしまった。本当にすまない。
ギデオン討伐の件だがこちらでもスパイを潜《もぐ》り込《こ》ませて次の攻撃《こうげき》の機会を窺《うかが》っている。有益な情報があればキミに知らせる。次は絶対に踊らされるようなヘマはしない。
次は僕も同行する。協力してギデオンを倒《たお》そう。

ラフィット

……

それに対する返事を俺は手紙にしたためることにした。

……

ラフィット様へ

ケイゴオクダです。

とんでもないです。こちらで判断した結果ですし、むしろご協力感謝しております。チャンスがあればもう一度勇者を連れてギデオンに仕掛《しか》けたいと思っています。

そう言えばあの紫色の幻《パープルヘイズ》というお酒、気に入りました。ギデオンを倒したあかつきには祝杯《しゅくはい》をあげましょう。

ケイゴオクダ

……

「こんなところだな、さて」

俺はギデオンについてシルベストとの会話を思い出した。ギデオンを倒すにはまず神鉄の武具を作れというあの言葉だ。

俺はギデオンとの戦いを思い出して紙に書き起こしてみた。確かにターニャの必殺技《わざ》がギデオンに全く効いていなかった。神鉄製の武器でなければ魔王に傷をつけることすらできないと考えた方がよさそうだ。

またそれとは別に考えなければならない懸案事項《けんあんじこう》がある。

『個体名：奥田圭吾《おくだけいご》、個体名：シルベストの魂《たましい》の契約《けいやく》が締結《ていけつ》されました。それに伴《ともな》い個体名：奥田圭吾は、スキル、神獣合身《しんじゅう》を取得しました』

シルベストから出た光の粒子《りゅうし》を取り込んだ際に獲得《かくとく》したスキルのことだ。シルベストは力を借りたいときは名前を唱えろと言っていた。どういう意味なんだろう。

俺は姿見の前に立つと目を閉じ精神集中。シルベストの質感や声をイメージする。

「神獣合身シルベスト」

ゆっくりと目を開けると姿見に長身巨躯《きょく》の美丈夫《びじょうふ》が映っていた。神々《こうごう》しいまでの銀髪《ぎんぱつ》が背中まで垂れており体からはもうもうと湯気が立っている。身長は二メートルを優に超《こ》えており細身の筋肉質。よく見ると獣《けもの》の耳、尻尾《しっぽ》、牙《きば》、鋭《するど》い爪《つめ》が生えている。まさに狼男《おおかみおとこ》といった感じだ。年齢《ねんれい》的にも二十歳《はたち》前と言っても通じるくらい肌《はだ》が瑞々《みずみず》しい。

そして今まで俺が着ていた服はものの見事に千切れ飛んでいた。

「あー。結構気に入ってた服なのになあ」

後の祭りである。

「誰《だれ》だよお前」

俺は目の前にいる素っ裸《ぱだか》のイケメンに思わず日本語で突《つ》っ込んだ。

さて調べてみないことにはわからない。俺はレベル5になった鑑定《かんてい》を自分自身に使ってみることにした。

【奥田圭吾】：神が次元の断層から呼び寄せた運命人
【保有スキル】：バッシュLｖ3、ソードピアーシングLｖ2、フォートレスLｖ6、チャージアローLｖ2、シャープシュートLｖ2、足刀蹴《げ》りLｖ4、ムーンサルトキックLｖ3、毒耐性《たいせい》Lｖ5、麻痺《まひ》耐性Lｖ1、石化耐性Lｖ4、火炎《かえん》耐性Lｖ2、恐怖《きょうふ》耐性Lｖ1、グラシエスノヴァLｖ1、竜神《りゅうじん》の盾《たて》Lｖ2、竜神の浄化《じょうか》Lｖ1、竜神の加護Lｖ1、神獣合身Lｖ1、魔力障壁《まりょくしょうへき》Lｖ1、天歩Lｖ1、神獣爪斬《そうざん》Lｖ1、餓狼剣《がろうけん》Lｖ1、鑑定Lｖ5、鍛冶《かじ》Lｖ20（MAX）、錬金術《れんきんじゅつ》Lｖ20（MAX）、神鉄装備権限、神鉄鍛冶
【保有魔法《まほう》】：ウインドLｖ4、アイスLｖ2、ライトLｖ2、精霊樹《せいれいじゅ》の檻《おり》Lｖ1、豊穣《ほうじょう》の祈《いの》りLｖ1、フォレストヒーリングLｖ1、樹木操作Lｖ2、ヒーリングリージョンLｖ1、リジェネレーションLｖ1、ツリーブレッシングLｖ1、サモンビーストLｖ1
【加護】：蒼玉竜《そうぎよくりゆう》グラシエスの加護、精霊エリューンの加護、樹木神ククノチの加護
【契約】：神獣シルベスト
【熟練度】：神獣合身（0％）
【ステータス（神獣合身使用中）】：Lｖ28、体力12265、魔力13212、気力11128、力11634、知能11323、器用さ11952、素早《すばや》さ12867

さらにタッチパネルの文字を鑑定。

【神獣合身：神獣と魂の契約をした者は神獣と融合《ゆうごう》することで神獣の力を引き出すことができる。神獣のステータス上乗せ効果。熟練度上昇《じょうしょう》によるステータス上乗せ量増加】

「なんというか、チートだなあ」

最初からこの展開が欲《ほ》しかった。あのコツコツとクワでスライムと戦っていたのは一体何だったのか。しかし神が次元の断層から呼び寄せた運命人って何だろう。

「ていうかこの世界に飛ばされたのは神の仕業《しわざ》ってことかよ」

ちなみに知り合いの神様は三人しかいない。

「まったくどちらの神様なんでしょうね。誰だったとしても文句の一つくらい言わないと気がすまないな」

不思議なじいさんの顔が頭に浮《う》かび、俺は溜《た》め息をつくしかなかった。

気を取りなおそう。

鑑定結果には新しい情報がいくつかあった。

加護の表示は鑑定レベル4のときはなかったものだ。さらに鑑定してみよう。

【蒼玉竜グラシエスの加護：運命を司《つかさど》る調停神の加護。その加護をもつ者は大きな運命の鍵《かぎ》となる】
【精霊エリューンの加護：精霊ドリアードの王の加護。樹木魔法を行使できるようになる】
【樹木神ククノチの加護：癒《い》やしと復活を司る樹木神の加護。神鉄装備権限取得済み。取得要件、同一の加護をもつ神獣との合身】

大きな運命の鍵。

確かにグラシエス様に関《かか》わってからというもの、事件に巻き込まれ続けている気がする。エリューン様の加護は特に言うことはない。あとはククノチ様の加護だ。

同一の加護をもつ神獣との合身が神鉄装備の要件。つまり神鉄オリハルコン製の武具は勇者限定装備ではないということだ。あと神鉄鍛冶は獣人化している間にだけ発動するスキルのようだ。

ククノチ様の加護によって取得したと思われる魔法が三つある。

ヒーリングリージョンは範囲《はんい》回復魔法。リジェネレーションはダメージを一定時間自動回復させる魔法。ツリーブレッシングは力、魔力、器用さを底上げし、闇《やみ》・不死魔法耐性を上げる魔法だ。

魔力障壁、天歩、神獣爪斬、餓狼剣のスキル。神獣化によるデフォルト取得のようだった上三つは既《すで》にターニャとアッシュが使っているのを見ている。

「餓狼剣とやらを試《ため》すにはここはちと狭《せま》いな、訓練場に行くか。ターニャとアッシュも連れて行きたいがその前に」

俺は腰《こし》にアッシュウルフのマントを巻き付けるとメアリーを呼んだ。

「ケイゴ様、失礼いたします」

メアリーがドアを開けて入ってきた。今だ。

「うーんマ〇ダム、なんつって。どう？　似合ってる？」

男の色気といえばこれということで定番のアゴに手をやるポーズでシャレをかましてみた。

「誰か‼　不審者《ふしんしゃ》がいます‼」

シャレが通じなかった。

「いやいや不審者扱《あつか》いしないで！　俺だケイゴだ！」

取り乱すメアリーを必死になだめ何とか気を落ち着かせた。

「ほ、本当にケイゴ様ですか？　でもよく見れば、なんて可愛《かわい》らしいお姿……。ふさふさの耳、尻尾」

今度は逆に俺の尻尾やケモ耳を見て鼻息が荒《あら》くなるメアリー。

「神獣と合体するとこうなるんだよ。アッシュの父親な」

「そうでしたか。ところで書き仕事で肩《かた》が凝《こ》っているようですね。マッサージをいたしましょうか？」

メアリーの目が血走ってる。重度のケモナーのようだ。

「いや遠慮《えんりょ》しとく。それよりさこの体に合いそうな服が欲しいんだけど何かない？」

「わかりました。コーディネートは私におまかせください！」

メアリーは嬉しそうに部屋を出て行った。俺何を着させられるんだろ。

その後メアリーがもってきたのは巨漢《きょかん》ゴードンの執事服《しつじ》だった。割と普通《ふつう》だと思うけど着替《きが》えの間メアリーは「キャー！」とか「可愛い！」とかいちいち叫《さけ》んでいた。

執事服を着た俺は訓練場に来た。久しぶりのネクタイで首がいずい。ターニャとアッシュはお昼《ひる》寝《ね》中なので起きたらこっちに連れてくるようメアリーに頼《たの》んである。まずは自分のスキル確認《かくにん》だな。俺は団員から木刀を二本借りて五メートルの大岩の前に立つ。そして二本の木刀を狼の顎《あご》に見立てて突撃《とつげき》の構えをする。剣に気力をためた俺は。

「餓狼剣」

二本の剣を狼の牙に見立てて突進《とっしん》攻撃をすると大岩が粉々に爆散《ばくさん》した。気力で覆《おお》われていた木刀は傷一つついていない。

「これはすげえな」

大岩の爆散を見た団員たちが茫然《ぼうぜん》としている。

続いて神獣爪斬。俺は木刀を捨て他の大岩で試し切りをすることにした。

今度は両腕《りょううで》の爪に気力を込める。すると爪がビキビキと三〇センチほどに伸《の》びた。そして爪をクロスさせ大岩に攻撃してみた。

「神獣爪斬」

すると大岩がバターのように爪の本数分だけ輪切りになった。シャウ！　なんてな。

「なるほど」

このスキルを活かしたいなら盾は捨てないといけない。盾はぶっちゃけ竜神の盾があるからいらないけど盾に仕込《しこ》んでいた教典をどうするか。試しに胸に忍《しの》ばせてみるか？

俺はグラシエス教の教典を胸に忍ばせると左手を前にかざし。

「竜神の盾」

ブオン

なんと普通にスキルが発動した。ちなみに他も試してみたがグラシエスノヴァも含《ふく》め全《すべ》て発動した。教典を体のどこかに触《ふ》れさせていればちゃんと発動するみたいだ。

ちなみに神獣爪斬は足の爪でも発動できた。俺の手持ちの体術と組み合わせても中々強そうだ。

あとは魔法サモンビーストだが使うとタッチパネルが浮かび上がり、モンスターの種類と数を選《せん》択《たく》できるようだった。現在召喚《しょうかん》可能なモンスターはブルーウルフのみで一体召喚するごとに魔力を二〇消費した。数は一度に一〇体が上限だった。スキルレベル上げのために召喚モンスターを出しっぱなしにして狩《か》りでもさせよう。

で、気付いたんだが獣人《じゅうじん》の姿になっていると微量《びりょう》だが魔力を消費するようだ。熟練度があるのでなるべく獣人になる必要があったが手持ちの魔法で解決した。

「フォレストヒーリングを使えばいけるっぽいな」

獣人化の持続時間については要検証だ。


それから足技と神獣爪斬を組み合わせて大岩をサイコロステーキにすること小一時間。遠巻きに見ていた団員たちをかきわけアッシュを抱《だ》っこしたターニャがやってきた。

「ケイゴなの？」

「そうだよ、アッシュのお父さんと合体したんだ」

「何それ、ターニャもやりたい！」

ターニャの目がキラキラし出した。子供はそういうの好きだからな。何が始まるんだと興味津々《しんしん》の団員たちも集まってきた。

「できるぞ。目を閉じてアッシュを思い浮かべて、神獣合身アッシュと言うんだ」

「うん、うむむむむ」

中々苦労しているようだ。

「神獣合身アッシュ！」

すると抱っこしていたアッシュがターニャに取り込まれ、ターニャの体に変化があった。

「ケイゴ、あついよう！」

あ、しまった。と思ったがそれは後の祭り。

ターニャは湯気を立てながらぐんぐん成長していき、身長二メートル弱、腰まで届く銀髪の絶世の美女になった。狼男となった俺と同じく、耳、尻尾、手足の爪、鋭い牙が生えているのはよいとして問題はその体形だ。

スーパーモデルのようなボンッキュッボン、色気たっぷりのプロポーションになってしまった。着ていた子供服は当然ながら某《ぼう》一子相伝の暗殺拳《あんさつけん》アニメのように細かい繊維《せんい》となって消し飛んでいた。

つまり美女がすっぽんぽんの姿で立っていたということ。

「やったー！　合体成功！」

野郎《やろう》どもが囲んで見ている中、羞恥心《しゅうちしん》を知らないターニャがぴょんぴょん飛び跳《は》ねている。やべー怒《おこ》られる……。

俺は鬼《おに》のツノが生えたユリナさんを幻視《げんし》しつつ、アッシュウルフのマントでターニャの体を包んだのだった。

その夜。

「ターニャがお嫁《よめ》にいけなくなったらどうするの‼」

「いやあのそれはですね」

「ターニャは女の子なのよ！　野蛮《やばん》なことばかりさせないで！」

俺は訓練場での一部始終を知ったユリナさんに一人正座させられていた。ユリナさん目が吊《つ》り上がってますよ？

俺が怒られている間お腹《なか》いっぱいになったターニャとアッシュはソファーベットで眠《ねむ》っていた。そして大人バージョンのターニャの服は丈夫なアースドラゴンの革《かわ》で作られることになった。そして服ができるまでターニャの神獣合身は一切《いっさい》禁止となったことは言うまでもない。

その後マルゴお抱えの防具職人たちの手によってアースドラゴンの革でできたライダースーツが完成。スーパーモデルのような体形のターニャが着込《きこ》むとそれは様になった。

くびれや胸が強調されておりそれ逆効果なんじゃない？　と思ったがユリナさんやサラサが楽しそうに着せ替《か》えをしていたのでそれ以上俺は何も言わなかった。

ようやくターニャが神獣合身ができるようになったので、俺はターニャを連れ訓練場でスキルを確認することにした。

【ターニャ】：蒼玉竜グラシエスの加護を受け、真の力に目覚めた勇者。精霊王イグドラシルとの回路を繋《つな》ぐことにより、同時に二つの魔法を発動する複合魔法が使用可能

【保有スキル】：天歩Ｌｖ２、止水剣Ｌｖ２、激流剣Ｌｖ２、魔力障壁Ｌｖ２、神獣合身、神獣爪斬Ｌｖ１、餓狼剣Ｌｖ１、止水餓狼剣Ｌｖ１、神鉄装備権限

【保有魔法】：ターンアンデッドサイクロンＬｖ１、インドラの嵐《あらし》Ｌｖ１、凍土煉獄《アブソリュート・ゼロ》Ｌｖ１、ウインドカーペットＬｖ１、アイスコフィンＬｖ１

【加護】：蒼玉竜グラシエスの加護

【契約】：神獣アッシュ
【熟練度】：神獣合身（0％）
【ステータス（神獣合身使用中）】：Lv25、体力10512、魔力9143、気力8912、力9765、知能8612、器用さ8912、素早さ9632

あれ？　俺よりステータス低くない？　俺が合体してるのがアッシュよりも強いシルベストだからか？　あと神鉄を装備できるのは合体して神鉄装備権限が発動している間だけのようだ。追加されたスキルや熟練度のシステムはほぼ俺と同じ仕様。ターニャはサモンビーストを覚えていないようだった。

ターニャの餓狼止水剣というオリジナルで追加された技だが、餓狼剣をさらに強化したような必殺技だった。餓狼剣は突撃技なのだが居合技の止水剣と合わさることで攻撃スピードと威力《いりょく》が増す。新たな切り札ができた感じだ。
そんなわけでターニャも俺と同じ二刀流になった。

k‐261

シルベストやククノチ様の力が確認できたところで、次にしなければならないのは神鉄の製作だろう。ただそのためには神槌《しんつい》とやらが必要だ。その手がかりは以前ガンドの地下遺跡《いせき》「知恵の間」にありそうだということまでわかっている。

幸い知恵の間に瞬《しゅん》間《かん》移動できるポータルを持ち出して執務室《しつむしつ》に置いている。俺は知恵の間に跳ぶことにした。

床《ゆか》に置かれたポータルの上に立つと。

『土鬼窟《ドルケイブ》、知恵の間行きのポータルです。ジャンプしますか？　はい　いいえ』

レベルアップしたときに出るいつもの画面が出た。何だこれは。俺は「はい」を選択する。すると景色が一瞬で見覚えのある知恵の間のそれになった。

「まじか……」

実際に使ってみて驚《おどろ》いた。

これ元の世界のテクノロジーどころの騒《さわ》ぎじゃないぞ。物流や交通の革命が起こるような代物《しろもの》だ。

「やあやあ、いつにも増してアホ面《づら》だねえ。そんなところに突っ立って何してるんだい？　呆《ほう》けた顔をしていると余計馬鹿《ばか》に見えるよ？」

人を小馬鹿にしたようなもの言いを浴びせてきたのは錬金術師の見た目をしたデルムンドだった。デルムンドの他にも石板を運ぶ研究者たちがいる。獣人になった俺がわかっているような口ぶりだ。

「俺を馬鹿にするとはいい度胸だな。管理システム、デルムンドを威嚇《いかく》しろ」

『生体認証中……、管理者と同一人物であると確認。これより個体名デルムンドに対しM－355による威嚇射撃《しゃげき》を開始します』

ピュン　ピュン

「イヒィーー!!　やめてええ!!」

逃《に》げ回るデルムンド。またローブが焦《こ》げてる。

「もういいぞ」

『承知しました』

デルムンドが目を血走らせてゼーハーゼーハーいってる。

「何か言ったか。よく聞こえなかったんだが」

俺は耳をほじりながら言う。

「ゴミ虫の如《ごと》き私《わたくし》奴《め》が貴方《あなた》様に何かを言うことなどありえません。それよりも是非《ぜひ》とも研究成果をご覧になっていってください」

デルムンドがギリギリと歯ぎしりしながら土下座した。

「わかればよろしい。それで神槌の手がかりはあった？」

「はい。神槌の在処《ありか》についてですが有力な文献《ぶんけん》を見つけました」

そしてデルムンドが持ってきたのは大きな石板だった。石板には古代土鬼人《ドルク》語で次のように書かれていた。

……


私は世界でも至難と言われた冒険《ぼうけん》に挑戦《ちょうせん》し続けいつしか冒険王と呼ばれるようになった。

しかしここでは私がした失敗談をしたいと思う。意外にも失敗談から得られる教訓は多かったりするのだ。だから最後まで読んでくれると嬉しい。


ある日私は土鬼人の国より東へ向かった海域に、船乗りが絶対に近寄らない魔《ま》の海域が存在するという話を聞きつけた。そこには魔物《まもの》が守るだけのお宝が眠っているに違いないと踏《ふ》んだ私は魔の海域へと向かうことにした。

魔の海域には、人の方向感覚を狂《くる》わせる海の魔物たちの力によって精神系範囲結界魔法がかけられていた。ここに常人が一度立ち入れば決して外に出ることは叶《かな》わないに違いない。事実魔の海域は船の墓場と化していた。あちこちにアンデッドとなった幽霊船《ゆうれいせん》が彷徨《さまよ》っていた。

だが幸いにして我《わ》が船団には森人《フォリア》の精霊魔法使《まほうつか》いがいた。幽霊船の仲間入りという事態だけは避《さ》けることができた。

魔の海域の中心部に達した我々は海の底へと目を向けた。夜になると海底の光が天に抜《ぬ》けるという情報があったがその通りだった。

森人の魔法によって変形した船は海の中を突き進んでいった。

そして我々は海底へと達した。

海底には空気のある不思議な神殿《しんでん》があった。そして我々は神殿に足を踏み入れた。しばらく歩くと特に罠《わな》や敵もなく宝物殿《ほうもつでん》に辿《たど》り着き若干拍子《じゃっかんひょうし》抜《ぬ》けした。だがその油断が罠だったのかもしれない。

宝物殿には目がくらむほどの金銀財宝が眠っていた。そして何より目を引いたのが祭壇《さいだん》に奉納《ほうのう》されている槌《つち》の存在だった。私は祭壇に上るとその槌を握《にぎ》りしめた。しかしそれと同時に巨大《きょだい》な黒い影《かげ》が動いた。

最初は何が起きたのかわからなかった。しかし黒い影は容赦《ようしゃ》なく我々を殺戮《さつりく》していった。地獄《じごく》と化した宝物殿を命からがら脱出《だっしゅつ》した我々をその黒い影は部屋の中から観察するばかりで部屋から出ることはなかった。

結局我々は宝物殿の宝を諦《あきら》めるしかなかった。きっとあの祭壇の槌は何か特別なものだ。あの黒い影がわざわざ守るような。

私でも不可能だったという事実を記すことで諦める者も出てくるだろう。無駄《むだ》に命を落とす者を冒険家とは呼ばない。生きて残ってこそ偉大《いだい》な冒険家になれるのだ。胸に刻んでくれ。

冒険人生唯一《ゆいいつ》の失敗をここに記す。

冒険王バーデン・トールズ

……


「これは当たりっぽいな？　要するにここから東に行った海域の海底神殿に神槌があるかもしれないってことだろ？」

「たぶんねー。ボクも興味があるから同行させてもらうよ？」

デルムンドがいつもの横柄《おうへい》な態度に戻《もど》っていた。

「ケイゴ様、私も同行させてもらいます」

「……」

声のした方を振《ふ》り返るとアンリエッタ様が二人いた。いや、アンリエッタ様とアンリエッタ様に瓜二《うりふた》つなシエラさんだった。

「二人ともこんなところで何してるんです？」

「修行《しゆぎよう》」

アンリエッタ様が簡潔に答えた。

「私には魔鉱騎士《きし》としての素質があるみたいで、アンリエッタ様とデルムンド様に色々と指導していただいてたんです」

「はあ」

魔鉱騎士は魔鉱機兵を操《あやつ》る兵士のことだ。

「まあ四の五の言わず見てくれたまえ、ボクの作品を！　シエラ！」

「はい！」

デルムンドに促《うなが》されたシエラさんが指輪をはめた左手人差し指を右手で握り締《し》めると、突然《とつぜん》目の前に大きな流線形のフォルムをした魔鉱機兵が現れた。

「うおっ」

俺は素《す》っ頓狂《とんきよう》な声を上げる。そしてシエラさんが魔鉱機兵に飛び乗ると、知恵《ちえ》の間の広大な空間を旋回軌道《せんかいきどう》で自由自在に飛び回った。

「どうだいボクの竜機兵《ドラグーン》は。気に入ってくれたかい？　ここで見つけた半永久魔動機関と軽量強靭《きようじん》なアダマンタイト合金を組み合わせたことで爆発《ばくはつ》的な機動力の実現に成功したのさ！」

よくわからん。

「なんかすごいね……。心強いです」

「わかればよろしい。凡人《ぼんじん》は天才にひれ伏《ふ》していればいいのだよ！」

えっへんと小柄《こがら》な体形の割に大きな胸をはるデルムンド。まあとりあえずこいつは頭に乗らせておけばいいだろう。

一通りのデモンストレーションを終えたシエラさんが機体を着陸させると俺は拍手《はくしゅ》した。

「凄《すご》いじゃないですか、シエラさんが参戦してくれるなら一騎当千《いっきとうせん》ですよ」

これは本当にそう思う。その辺の軍隊じゃ歯が立たないかも。

「いえいえ、私なんてそんな……。あと私のことはシエラとお呼びください」

「じゃあシエラ、頼《たよ》りにしてます」

照れるシエラが可愛い。同じ顔の作りでも無表情のアンリエッタ様とはかなり印象が違う。

「じゃあ私は帰る。シエラ頑張《がんば》って」

「あ、はい！　アンリエッタ様、またいつでもうちに遊びに来てくださいね！　おじいちゃんも喜びます」

「うん、わかった」

アンリエッタ様は少しだけ嬉しそうな表情をした後、どこかへ消え去った。

「さてと、じゃあ俺はみんなを連れてくるんで一旦《いったん》帰りますね」

それからデルムンドとシエラに声をかけるも、

「シエラ！　データを確認したい。もう一度コクピットに乗ってもらえるかい？」

「はい……、でも……」

聞いちゃいねえ。俺はチラチラこちらを気にするシエラに手を振り再びポータルで移動することにした。

執務室に戻った俺はみんなを集めて海底神殿攻略《こうりゃく》について話し合うことにした。

攻略メンバーは俺、マルゴ、ターニャ、アッシュ、デルムンド、シエラ、プラス団員数名。生き返ったばかりのジュノはエルザが不安そうな顔をしていたため今回の攻略は見合わせた。

それから俺たちは池に浮かべた精霊樹の船に薪《まき》や食料などを運び込むと、再び執務室のポータルに乗り知恵の間へと移動した。


ぞろぞろとポータルから出る俺たち。初めて知恵の間に来た団員たちが目の前の広大な部屋と竜機兵を口を開けて見上げている。

「ややあ、また来たね？　初めてのおサルさんたちもいるみたいだね？　領主がチンパンジー並みの知能しかないから、部下もおサルさん程度の知能しかないいんだね！」

「管理システム」

『畏《かしこ》まりました』

管理システムは何も言わなくても理解していらっしゃる。アレクサより優秀《ゆうしゅう》かもね。

ピュン　ピュン　ピュン

「イヤーーー‼　もう言わないからああ‼」

このくだり、もうそろそろいらなくない？　あ、今度は服だけじゃなくて髪《かみ》の毛が少し焦げてる。

「あまりよく聞こえなかったんだが」

耳をほじる俺。

「ケイゴ伯爵《はくしゃく》閣下様におかれましてはご機嫌麗《きげんうるわ》しゅう。卑賤《ひせん》な私奴が貴方様に何か申し上げるなどございません。旅の準備は整っておりますゆえ、椅子《いす》に座《すわ》ってごゆるりとおくつろぎください」

土下座しながら急に丁寧《ていねい》な口調になるデルムンド。椅子がないのはご愛敬《あいきょう》。みんながポカーンとしているのでそろそろやめませんか？

「じゃあみんな、今回の攻略メンバー各々《おのおの》で自己紹介《しょうかい》してもらっていい？」

俺は茶番劇をぶった切った。


「ん？　あそこにあるのはなんだ？」

皆《みな》が自己紹介をしている間、俺は知恵の間をブラブラと散策した。すると研究者たちが集まっている一画を見つけた。馬鹿デカイ水晶《すいしょう》のようなものの周りをポータルが取り囲んでいる。俺はその場所へみんなを連れていった。

「これは集合ポータルだね。中央にあるのは半永久魔動機関。説明書きのプレートがあるんだけど見たことのない文字で書かれて先に進まないいんだよねー」

一緒《いっしょ》についてきたデルムンドが答えた。

「ほー、それは大変そうだな」

俺は何の気なしにポータルに近づいてみた。確かにポータルの設置された床に金属プレートが取り付けられている。一応鑑定っと。

『行先：ミョルニル海底神殿、神槌奉納の間』


「ふぉえああ！」

「ケイゴ、もうチンパンジーからサルに退化したのか？」

『マスターへの侮辱行為《ぶじよくこうい》を確認。対象、個体名デルムンドを攻撃します』

ピュン　ピュン

「イヒイイイー‼」

もはや俺の命令すらいらないみたい。アホな子はスルーするに限る。それより。

「みんな、これで海底神殿の神槌があるところに行けるっぽいぞ」

「本当か？」

「ああ、たぶんな」

マルゴの質問に答える。別に確かめたわけじゃないからな。

「とりあえず行ってみよう」

まず言い出しっぺの俺が最初に行くべきだろう。

『ミョルニル海底神殿、神槌奉納の間行きのポータルです。ジャンプしますか？　はい　いいえ』

「みんな選択肢《せんたくし》が出るから左のはいを押《お》してくれ」

鬼が出るか蛇《じゃ》が出るか。

俺はタッチパネルの「はい」をタップ。その瞬間景色が一変した。


いきなり目の前に金銀財宝の山が現れた。

「ここは？」

予想通りならいきなりゴールということになるが、石板の内容からすると決して安心していい状《じょう》況《きょう》じゃないだろう。


ヴヴヴ……


電子音と低い駆動《くどう》音が部屋全体から聞こえる。

敵が仕掛けてくるとしたらどこからくる？　俺は二本の剣を餓狼剣の型に構え足のつま先に気力を巡《めぐ》らす。獣人用に改良した竜鉄製ブーツから鋭い爪が伸びる。

不意に空気が動く気配がした。

「竜神の盾」

俺は動きの発生源に向かって盾スキルを発動。動きを止めてそこを叩《たた》く。

しかし盾にぶつかる前にソレは動きを止めた。

「運命人のケイゴオクダ様ですね？　私はここの管理者兼《けん》システム運用担当のメティスと申します」

メティスと名乗ったのは獣人となった俺と同じくらいの身長の黒いロボットだった。そしてその声はとても聞き覚えのあるものだった。

すると俺の後からマルゴ、ターニャ（アッシュと同化）、デルムンド、シエラ、団員たちがジャンプしてきた。メティスと盾越《ご》しに向かい合う俺を見て全員が臨戦態勢をとった。

「まってくれ、こいつはたぶん敵じゃない」

「はい。私はあなたの敵ではありません」

どういうことだ？

「私は知恵の神から命を吹《ふ》き込まれた人形《ゴーレム》です。知恵の神と古代土鬼人は親交が深く、古代土鬼人が現在のシステムを構築したと言われています」

「システムとは？」

「あなたは知っているはずです。この声に聞き覚えがありませんか？」

あ、もしかして。

「そうです。タッチパネルで色々見られて便利だったでしょう？　あれをシステムと呼ばずに何だと？　あれの声や運用を私が担当しています」

「じゃあ鑑定情報はお前が教えてくれてたのか？」

「はい、この世界に来たばかりの異世界人にはもれなく鑑定Ｌｖ１をプレゼントしています。でないとすぐに死んじゃいますから」

確かに鑑定スキルがなかったら毒草食った時点で死んでただろうな。あとは。

「お前はこの場所を守っているんじゃないのか？」

「はい、ここに来る人間たちに試練を課しています。ですがあなたは不要です」

「なぜ？」

「あなたが運命人だからです。あなたは既に試練を突破《とっぱ》しておられます」

「わからないんだが……」

「いいじゃないですか？　さああなたの欲しいものはあちらにありますよ」

メティスが指さした先には祭壇があった。なんだかはぐらかされた気もするがもらえるものはもらっておこう。

「じゃあいくか」

俺はみんなを促し祭壇に上った。祭壇には火を象《かたど》った箱が祀《まつ》られており、ふたをあけると中から一羽の火の鳥が飛び立ち俺の肩にとまった。

そして中には長さ一五〇センチくらいの素朴《そぼく》な槌が納まっていた。俺はそれを手に取り鑑定する。

【神槌ミョルニル：神の金属を製錬《せいれん》することのできる槌。資格ある者だけが使用できる】

「間違《まちが》いない、神槌ミョルニルだ」

みんなから歓声《かんせい》があがった。

「ね、ね！　ボクにも触《さわ》らせておくれよお！」

よだれを垂らしながら俺ににじり寄ってくるデルムンド。

「神聖な祭壇でキサマの欲をさらけ出すな」

俺はデルムンドの顔を掴《つか》んで止めた。きたねえな、よだれが手についたぞ。

「よし、じゃあ目的も達成したことだし帰りますか！」

「「「え……」」」

全員が浮かない顔をしている。ああそりゃそうか、周りにはとんでもない量の金やら宝石が山になってるからな。

「ところでメティス、ここの宝はもらっていいの？」

「ここの宝はダンジョンにポップアップする宝箱に入れるものでして……。そうですね皆さんが両

手で抱えられる範囲でしたらいいですよ」

「「「よっしゃあああ！」」」

再びみんなから歓声が上がった。ヤレヤレ現金なものである。


それから宝物漁《あさ》りが始まった。

山の中には金銀宝石だけではなくアンティークとして価値のありそうなものも沢山《たくさん》あった。もちろん魔剣《まけん》など強力な装備品の類いも。デルムンドがシエラに竜機兵に乗って宝物をもっていかせようとしたが、それはさすがにメティスにとめられた。

強欲《ごうよく》の化身《けしん》であるサラサやアイリスはここには絶対連れてきちゃいけないと思った。

俺はといえば財宝より懐《なつ》いてしまった火の鳥をもらうことにした。

k・262

「うん、そろそろ温度もよさそうだな。それじゃあ始めますか」

俺は町のアトリエにいた。もちろん炉《ろ》には火が入っており部屋の中はうだるような暑さだ。何をしているのかといえば神鉄装備の製作に決まっているだろう。

「は、はやくう！　はやくしてくれー‼」

「ケイゴ、暑いよお……」

「……」

ちなみにこの場所に普段《ふだん》人を入れることはないのだが今日は客がいる。

変態もといガンド随一《ずいいち》の名工と名高いデルムンド。神鉄装備のサイズを調整するためキワドイ姿になっているターニャ。そしてどうしても神の武具ができるところが見たいというマルゴの三人だ。

ちなみに神槌は俺にしか扱えなかった。マルゴやデルムンドにもたせようとしたらもち上げることすらできなかった。

「神槌を振るうのは俺がやるけど調整とか諸々《もろもろ》お前ら手伝えよ。俺よりも鍛冶歴長いんだからよ」

「も、もちろんだよ！」

「ああ」

鼻息の荒いデルムンドとは対照的に至って冷静なマルゴだった。

「さあて、やりますよ！」

そして長い一日が始まった。


俺はグラシエスの牙を神槌で打つ。以前のような衝撃《しょうげき》はないが仮にも神様の牙。一撃《いちげき》で粉々になるなんていう都合のいいことはなかった。

そして俺はグラシエスの牙を三日三晩打ち続けた。その間炉の火が絶えないようマルゴとデルムンドに交代で火の番をしてもらった。とっくに飽《あ》きたターニャはアトリエの外にあるハンモックに揺《ゆ》られ夢の中だ。

そして四日目の朝。

ピシッ……、ビキビキビキ
グラシエスの牙に細かな傷が入ったかと思うと、傷が蜘蛛《くも》の巣状に広がり鈴《すず》のような音を立てて砕《くだ》け散った。

「やったぞマルゴ！」

「おお！」

俺は火の番をしていたマルゴと抱き合って喜んだ。そして霊薬《れいやく》エリクシスを飲んで体力を回復させた俺は、すぐにデルムンドとターニャを叩き起こし次の段階に進むことにした。

「次はいよいよ神鉄の製作に入るぞ」

ゴクリと喉《のど》を鳴らすマルゴとデルムンド。寝起《ねお》きのターニャはうつらうつらしている。

俺は牙のカケラを集め貴鉄と一緒に炉に入れた。そして赤熱《しやくねつ》した頃《ころ》を見計らって取り出し神槌で打つ。ただひたすらそれを繰《く》り返す。そして作業回数が一〇〇回を超える頃、蒼《あお》く輝《かがや》く金属に変わった。

【神鉄オリハルコン：蒼玉竜グラシエスを依《よ》り代とする神の金属。金属の強さや美しさは依り代の神格に依存《いそん》する】

「できたぞ……」

　あとはこれを武具の形にするのみ。俺はマルゴとデルムンドの指示を受け、神鉄を神槌で変形させていく。そしてようやくターニャの武具が完成した。

【グラシエスソード：神鉄オリハルコンでできた武器。邪神《じゃしん》の防御《ぼうぎょ》を破壊《はかい》することができる。破邪の光。攻撃力《こうげきりょく》８１４３】×２本

【グラシエスアーマー：神鉄オリハルコンでできた鎧《よろい》。全物理攻撃耐性（極大）、全属性耐性（極大）、全状態異常耐性（極大）。防御力《ぼうぎょりょく》７２３２】

【グラシエスガントレット：神鉄オリハルコンでできた篭手《こて》。全物理攻撃耐性（極大）、全属性耐性（極大）、全状態異常耐性（極大）。防御力４２３１】

【グラシエスグリーブ：神鉄オリハルコンでできた具足。全物理攻撃耐性（極大）、全属性耐性（極大）、全状態異常耐性（極大）。防御力５４１２】

「ようやく終わった……」
　装備ができてはしゃぐターニャとデルムンドを後目《しりめ》に、フラフラと外に出た俺はハンモックに倒れ込むようにして眠った。

　目が覚めると窓から見える景色は既に夜になっていた。ハンモックで眠ったはずなのになぜかアトリエの中で寝《ね》かされている。あと服がダボダボ。

あ、服が大きくなったんじゃなくて俺が小さくなったんだ。つまり魔力切れによる神獣合身の解除。上体を起こすと部屋の片づけをしていたユリナさんが俺に気付いた。

「あ、やっと起きた。おそよう。今日は狼さんじゃないのね？」

ユリナさんが少しふざけた調子で言った。どうやらアトリエに籠《こも》りっきりの俺を心配して見にきてくれたらしい。

「おそようございます」

「ごはん食べる？」

ユリナさんの言葉を聞いた瞬間、腹が鳴った。

「腹減った……」

「ちょっと待ってね、温め直すから」

「そう言えば他のみんなは？」

「マルゴは家でデルムンドさんはお城の方にいるわ。でもあなたが起きたらすぐにここに来るって」

「なるほど。ごはんを食べたらまたすぐに始めるよ」

「そう言うと思った」

するとユリナさんは手をエプロンでふくと、おもむろに縦長の金属の箱のようなものを手にとり耳と口にあてた。

「あ、もしもしサラサ？　ケイゴが起きたのよ。そう、すぐに作業するって。伝えてくれる？　うん、じゃあね」

「え……？　何してるのユリナさん？」

「これ遠隔《えんかく》会話機という魔動具だそうよ。デルムンドさんが知恵の間から発掘《はっくつ》したと言ってたわ」

いや、聞いてねえし。ヤツにホウレンソウというものを教えてやる必要がありそうだ。

ユリナさんは俺が飯を食っている間、デルムンドにも電話して俺が起きたことを伝えていた。

そうだこれは「電話」だ。これがどれだけ凄いことなのか気付いているのは、多分この世界では俺だけかもしれない。

「はは……。もうこれ魔王倒す必要ないんじゃないか？」

魔王を倒せる唯一の武具を物凄い苦労して作った直後だけに、俺はもう笑うしかなかった。


とはいえ魔王と戦って少なくとも負けないという状況は作らないといけない。俺は自分用の神鉄製武具を製作することにした。

「ピーキチ、火をつけてくれる？」

「ピーキュートイ！」

俺がピーキチと名付けた火の鳥にお願いすると、炉に飛んでいって燃料をぶっこみ勝手に火をつけてくれた。実はグラシエスシリーズを製作したときも炉の中にピーキチがスタンバっていてくれた。

あまり深く考えていなかったけど、古文書《こもんじょ》の虫食い部分にあった「復活の炎《ほのお》」はこのことだったのかも。火の鳥といえば不死鳥《フェニックス》、復活の象徴《しょうちょう》。結果オーライなので普通の炎でいけたのかいけなかったのかはこの際どうでもいい。

神樹を使っての装備作りは手順も苦労もグラシエスの牙とほぼ同じだった。素材の耐久性《たいきゅうせい》が牙よりも高かったようで多少槌で砕くのに苦労したというくらいか。

そしてデルムンドとマルゴの補助もあり、ようやく神樹と同じ翡翠《ひすい》色の装備ができた。

【ククノチの剣《つるぎ》：神鉄オリハルコンでできた武器。邪神の防御を破壊することができる。吸収（極大）。攻撃力7143】×2本。

【ククノチの鎧：神鉄オリハルコンでできた鎧。全物理攻撃耐性（極大）、全属性耐性（極大）、全状態異常耐性（極大）、再生（極大）。防御力8531】

【ククノチの篭手：神鉄オリハルコンでできた篭手。全物理攻撃耐性（極大）、全属性耐性（極大）、全状態異常耐性（極大）、再生（極大）。防御力5378】

【ククノチの具足：神鉄オリハルコンでできた具足。全物理攻撃耐性（極大）、全属性耐性（極大）、全状態異常耐性（極大）、再生（極大）。防御力6621】

それと同時に役目を終えた神槌ミョルニルは粉々に砕け散った。

とはいえ四日以上眠らずの作業だったので今回もめっちゃ疲《つか》れた。外のハンモックに横になった瞬間睡魔《すいま》が襲《おそ》ってきた。俺は気絶したかのように眠りに落ちた。

第七章　反撃

shousyaman
no
isekai survival

k - 263

「グラシエスシリーズとククノチシリーズでは、同じ神鉄でも見た目も性能もかなり違《ちが》うんだよなあ……」

俺《おれ》は執務室《しつむしつ》で二つの神鉄装備を並べ、紙にスペックを書きだしていた。

「アッシュお手、おかわり。よし」

「ピーキューイ！」

「ピーキチ、お手！」

装備を外し元の姿に戻《もど》ったターニャはユリナさんが焼いたクッキーをエサにアッシュにお手をさせていた。アッシュの頭に乗った火の鳥のピーキチが「ボクにもクッキー！」と不満げに鳴いたのでお手をさせている。ピーキチは火の鳥なのになぜか触《さわ》っても熱くない。

俺は改めてスペックの書かれた紙を見る。この二つはそもそもの攻撃力《こうげきりょく》・防御力《ぼうぎょりょく》に差があるしスキルもかなり違った。


【破邪《はじゃ》の光：相手が自身にかけた補助効果を全《すべ》て打ち消し、真実の姿をさらけ出す】

【吸収（極大）：攻撃《こうげき》の際相手の体力、気力、魔力《まりょく》を奪《うば》い取り吸収する】

【再生（極大）：装備中、自身の体力、気力、魔力を回復し続ける】


破邪の光はグラシエスソード、吸収と再生はククノチシリーズの固有スキルだ。攻撃的な竜神《りゅうじん》と癒《い》やしと再生の象徴《しょうちょう》である樹木という性質を反映したようなスキル構成と言ってもいいだろう。とはいえ。

「魔王《まおう》ねえ。わざわざリスク冒《おか》す必要がなさそうなんだよね。いくら神鉄装備が強くたって被害《ひがい》が出ない保証はどこにもないからな」

ジュノがいい例だ。いくら俺とターニャが強くたって戦争で一人も死人が出ないなんてことはありえない。とる必要のないリスクはできるだけ回避《かいひ》すべきだ。

当初の予定では神鉄製の武具ができた後ギデオン討伐《とうばつ》に向かうはずだった。それはゼラリオン教の広がりを覆《くつがえ》すだけの材料が見当たらなかったからだ。

「ところがここに来て、瞬間移動装置《ポータル》に携帯《けいたい》電話だもんな」

古代土鬼人《ドルク》はとんでもない技術を地下に封印《ふういん》していた。その一つが瞬間移動装置であり携帯電話だった。これは移動と通信技術の革命だ。馬車から瞬間移動、手紙から携帯電話。もしこれが普及《ふきゅう》すれば世界が変わる。

「むしろポータルと電話がサクッと見つかってるあたり、まだまだ探せば出てきそうで怖《こわ》いんだよな」

既《すで》に見つけているがその価値がわかっておらず報告していないだけとかもありそう。あのデルムンドだけに。

「ちょっとこれは戦略の練り直しをしないと」

そして俺は蒼《あお》の団の会議室に場所を移しサラサ、アイリスともう一人のキーマンを呼ぶことにした。

そのもう一人のキーマンとは、ラフィットの部下でスパイのシーナさんだった。

「シーナさん、顔色随分《ずいぶん》と良くなったね？」

「あなたのおかげよケイゴ。あの時は本当にありがとう、私も妹も感謝しているわ」

シーナさんと笑顔《えがお》で話していると。

「なんか怪《あや》しくないかにゃ？」

「ケイゴ、もし浮気《うわき》してるなら正直に言ってちょうだい。ユリナが怒《おこ》らないように穏便《おんびん》に話してあげるから……」

サラサが真剣《しんけん》な表情で俺に言う。いやいや。

「頼《たの》むからそういう笑えない冗談《じょうだん》はやめてくれ。彼女《かのじょ》はね」


彼女はシーナさん。ラフィットの部下で女スパイ。

シーナさんと一緒《いっしょ》に聖教国に乗りこんだ際、隠《かく》れ家《が》で彼女が腕《うで》に注射を打っていたのは「紫色の幻《パープルヘイズ》」だった。紫色の幻はオアシス原産の植物から作られる強力な幻覚《げんかく》作用のある麻薬《まやく》で、これを手に入れるためには殺人もいとわないほどの中毒性があるそうだ。

つまり彼女は薬物でラフィットに操《あやつ》られていたということになる。

そんな薬物中毒でどうしようもなくなっていた彼女に対し、俺は霊薬《れいやく》エリクシスの入った小瓶《こびん》と手紙を送った。彼女がラフィットに操られているのではないかと考えたのは、祭祀《さいし》の間前で別れ際彼女が悲し気な表情をしたこととギデオン戦での違和《いわ》感だった。ギデオンはこの世界を席巻《せっけん》している宗教の教皇にしてはあまりにも知性がないように感じた。ギデオン戦はラフィットに仕組まれたものだったのではないかという疑念が浮《う》かんだのだ。

俺はシーナさんとは定期的に連絡《れんらく》をとり霊薬エリクシスを送り続けた。彼女の妹もまた薬物中毒になっており暗殺やスパイを強制されていた。二人の禁断症状《しょうじょう》は酷《ひど》く治療《ちりょう》が難しかったが、定期的に霊薬を飲み続けることで症状は少しずつ良くなっていった。

そして今ではシーナさんと妹さんはラフィットの支配から脱《だつ》しただけではなく、俺のスパイ、つまり二重スパイとして嘘《うそ》の情報を相手方に流しながら情報収集をしてもらっている。

「ここにシーナさんたちが収集してくれたラフィットのここ二〇年間の取引を記録した帳簿《ちょうぼ》の写しがある。二人にはラフィットの疑惑《ぎわく》に対してお金の流れから裏を取る手伝いをしてほしい」

俺は今でも一流商社で大きなディールを行い経済を回してきたという自負がある。だから俺が戦うべきフィールドは剣《けん》を振《ふ》り回すことではなく、元商社マンとしてのスキルを使って経済戦争を仕《し》掛《か》けることなのかもしれない。

ラフィットにどれだけ凄《すご》い商才があるのかは知らない。だが商社マンとして戦うのであれば絶対負けられない。

「なるほどね、そういうことなら助っ人を呼んでもいいかしら？」

「助っ人？」

サラサが答える前に部屋に入ってきたのは、二人の父親であるアランさんとディーンさんだった。

「いやーすまんすまん、何か大変なことになっているみたいだな」

「盗《ぬす》み聞きするつもりはなかったのですが」

いやあっただろ？　彼《かれ》らはサラサとアイリスが俺に呼びだされたことを知り、新しい儲《もう》け話があるんじゃないかと部屋の前でスタンバイしていたらしい。大方新しい酒でも期待して来たんだろう。

「聞いたからにはあなた方にも協力してもらいますよ」

「まあ俺たちにとっても悪い話じゃないわな。レスタの商業ギルドとしては全面的に協力させてもらう。しかしケイゴ、お前本当に商売とかやったことないの？　あの大商人の裏をかくとか凄すぎやしねえか？」

「俺は単なる人間嫌《ぎら》いの世捨て人ですよ。でもたった今、商社マンに戻りました」

「なんだそりゃ」

「あなた方と同業者になったってことですよ。これからはよきパートナーとしてよろしくお願いします」

俺は五人に対し深々と頭を下げた。

「そりゃこっちのセリフだわな」

「そうにゃ」

「ですね」

「今更水臭《いまさらみずくさ》いっていうのよ」

「私と妹が受けた恩は返させてもらうわ」

俺たちは握手《あくしゅ》を交《か》わし商売で世界を救うことにした。

k - 264

ラフィットの二〇年間の取引を追った結果、恐《おそ》ろしい事実が発覚した。

俺たちはその事実を確認《かくにん》するため、商人以外の主要なメンバーも含《ふく》め会議室に集まった。

ラフィットはまず他国の貴族にお酒と偽《いつわ》り麻薬を安値で取引する。麻薬中毒になった貴族に対して麻薬を高値で売り、金のなくなった貴族は民《たみ》から税金を搾《しぼ》り取る。同時に不満のたまった民に武器を流す。そしてその国の人心が荒《あ》れた頃《ころ》を見計らって聖教国に活動資金を流し邪教《じゃきょう》を普及させる。

ラフィットは麻薬、武器、宗教という三段構えで人々を不幸に叩《たた》き落とし、ここまでゼラリオン教を普及させたことがわかった。俺の直感通りギデオンの手腕《しゅわん》によってゼラリオン教が広まったわけではなかった。

「か～っ、こりゃえげつねえ」

アランさんが赤い髪《かみ》をかきむしった。

「ねえケイゴ、これからどうするつもり？」

二〇年間の全ての帳簿をまとめ終えたサラサが右手で凝《こ》った肩《かた》を叩きながら聞いてきた。

「そうさなあ……、とりあえずポータルから手をつけるか。それでだが」

ひとまず俺は移動の革命を起こすことにした。知恵《ちえ》の間にあるポータルは二対《つい》一組のものであり二つのポータルの間を瞬間移動できるというもの。そしてポータルは持ち運ぶことができるので設置箇所《かしょ》を選ぶことができた。

「じゃあ私たちで手分けをして知恵の間のポータルで、世界各地へと跳び主要な都市とイトシノユリナの間をつなげばいいのかにゃ？」

「そうだ。交渉事《こうしょうごと》はやっぱお前らみたいな商人に任せるのが一番だからな。そしてトラキアだけをポータルネットワークから排除《はいじょ》し経済的に孤立《こりつ》させる」

「お、恐ろしいにゃ……」

知恵の間にある集合ポータルはメキア、ハイランデル王国をはじめ海の向こうにある世界各国とつながっていた。片方をイトシノユリナに作るポータルターミナルに置き、もう片方をもって世界各国を回るというわけだ。メンテナンスは俺たちで行う代わりにポータルの利用料は俺たちの収益にする。そして必ずイトシノユリナを経由しなければいけないとすることで、町に金が落ちるようにする。

「今世界中を旅しているハインリッヒにコンタクトをとってくれ。一から交渉する手間が省けるからな。あとはジュノ、蒼の団でポータルガーディアンを組織してくれ。身分証を必ずチェックしてトラキア人には使わせるな」

「了解《りようかい》した」

完全に復活したジュノが返事をした。ポータルの弱点は破壊《はかい》や密入国なのでそれを防ぐための警備を蒼の団に任せた。

「ポータルを設置したらガンガン交易を進めグラシエスの教えを広めてくれ。マルゴ、竜神の像の量産体制はどうなってる？」

「問題ない。生産量は半年前の五倍になってるし在庫もある」

「サラサ、教典の在庫は？」

「このプロジェクトが始まったときからとっくに増刷をかけてたわよ」

さすがはサラサ。

「シャーロット、教会の人員はどう？　サラサたちに同行して布教してほしいんだけど」

「みんな順調に育っているわ、任せて」

シャーロットが自身満々に答えた。

「ケイゴ、俺から提案なんだが、例の薬物依存症《いそんしょう》に対処する治療部隊を作ってはどうだ？　交渉相手がラフィットの薬物に依存している可能性もあるだろう」

とキシュウ先生。

「実はそのとりまとめをキシュウ先生にお願いしたいと思ってました。医師の頭数は陛下にお願いすればなんとかなると思います」

「わかった。陛下への打診《だしん》だけしてくれれば後は俺がなんとかしよう」

やはり頼《たよ》りになる。

「私はY&Sブランドを発信すればいいと思うにゃ。サラサと戦っていて正直あれが一番恐《こわ》いにゃ。ユリナ私にも何かつくって？　すりすり」

「ひあっ！　アイリスくすぐったい……」

アイリスに抱《だ》き着かれて恥《は》ずかしがるユリナさん。

「人の嫁《よめ》にくっつくな」

俺はアイリスの首根っこをつかんでユリナさんからひっぺがす。

「にゃふーん」

手をワキワキしているアイリス、実に幸せそうな顔だ。

「サラサ、それいけるかな？」

「もちろん。武器になるならみんなにもデザインや製法を教えるわ。ユリナの新作も出すから楽しみにしていてね」

「そんなこと言われると困るんだけど……」

勝手にサラサにハードルを上げられたユリナさんが目を白黒させていた。


みんなが動き出す中、俺は一人ポータルに乗って知恵の間に向かった。携帯電話の詳《くわ》しいことや新しい発明品がないかをチェックするためだ。

知恵の間には町の大学から学生や研究者を呼び寄せていた。価値のある遺跡《いせき》を研究できるということで研究者たちは喜んでいた。

「あ、ケイゴさんお疲《つか》れ様です」

「おつかれさん。例のケータイどうなってる？」

俺は大学の研究で来ていた学生の一人に声をかけた。町の大学で一緒に生活魔法《まほう》を研究している顔なじみだ。

「それなら今実験しているところです。世界中に散った仲間たちとの通信を試《ため》していまして問題ないです。あとは子機が新たに二〇〇台見つかりました」

「そりゃいいね」

なんか秘密基地で悪だくみしてるみたいで楽しいかも。

子機にはそれぞれ番号が割り振られており、知恵の間にある本体を通して別の子機にかけられる仕組みになっている。子機にはタッチパネルが付いていてメールを送ることができた。また半永久魔動機関《まどうきかん》が組み込《こ》まれているため充電《じゅうでん》の必要もない。電気の代わりに魔力を使って機械を動かしているということだけはわかっているのだが、仕組みはよくわかっていない。これは今後一番の研究対象になることだろう。

この俺がケータイと名付けた機械は、電気の無い世界を旅する人にとってはスマホ以上に便利だと思う。

「十分使えるね」

本体や予備の子機、機関を押《お》さえておけばこちらで通信を独占《どくせん》できそうだ。

「ケイゴさん、こっちも見てもらえます？」

研究者の一人が本体の一部を指さして俺を呼んだ。本体にも大きなタッチパネルがあり携帯番号を入力するとその人の通話記録やメールの記録が全て確認することができ、通信できなくすることもできるようだった。

「つまり何か悪だくみしようものならこっちに情報が全て筒抜《つつぬ》けというわけだな」

これが通信を押さえることの最大のメリットだ。もし商売敵《がたき》がいたとしてケータイを使って取引をすれば情報が全てわかり相手を潰《つぶ》すことだって可能になる。

「素晴《すば》らしいな、早速《さっそく》サラサたちに売り込ませよう。月額の通信料をとった上でな」

それからも俺は知恵の間を見てまわった。

「あ、あんなところにいやがった」

見覚えのある錬金術師《れんきんじゅつし》風ローブが下半身だけ機械の下からはみ出していた。

「おいデルムンド」

俺が声をかけるとキャスターつきの板に仰向《あおむ》けになったデルムンドが機械の下から出てきた。工具を両手にもち顔は油まみれになっている。

「なんだい？　ボクはキミみたいな凡人《ぼんじん》と違って……、いや何でもない」

デルムンドは何かを思い出したように口をつぐんだ。こいつも学ぶことがあるんだな。

「お前ケータイのこと俺に黙《だま》ってただろ。他にも何か隠してんじゃないのか」

「やだなあ隠してなんかないよ、キミという存在そのものを忘れただけさ！」

「もっと失礼じゃねえか！　ていうかこれなんだよ！」

俺はデルムンドがいじっていた長方形の変な金属箱を指さす。箱についていたガラス窓から中を覗《のぞ》き込むと……あれは鶏肉《とりにく》か？

「ん？　食料培養《ばいよう》プラントだよ。培養肉や培養野菜を作ることができるんだ。ボクの御《ご》先祖さまはこれがあったからこんな地下でも暮らしていけたということだね」

またさらりと言いやがって。

「いやだからそういうのを見つけたら俺に報告しろって。他には何もないだろうな？」

「あとはね」

聞けば出てくる出てくる。

前にも乗ったことのある半永久魔動機関式エレベーター、列車が新しく見つかった。ロボットも今動いているもの以外に、家事用や工事用など人に代わって作業するためのものが見つかった。さらに培養食材を加工するための食料工場や浄水《じょうすい》設備まで。

これらの機械は全て半永久魔動機関を動力としているので電気やガソリンは必要なかった。宇宙ステーションとかにあったら滅茶苦茶《めちゃくちゃ》重宝しそう。

「これ前の世界の機械より凄くない？」

俺は食料工場で加工された培養肉のソテーを培養果実ジュースと一緒に食べながらそう思った。

「あ、そうそう。キミにこれを渡《わた》しておくよ」

デルムンドはそう言って俺に正八面体の黒い石のようなものを投げてよこした。

「これ何？」

「マスターピースさ。石板にはポータルの行先を自由に指定できるアイテムとかあったね。キミにしか使えないっぽいよ」

「そんな重要なものを投げてよこすな」

「いやだってさ鍛冶《かじ》用ハンマーで叩こうが傷一つつかないんだよ？　ボクが投げたくらいで壊《こわ》れやしないさ。魔力を流してみてね」

そう言ったデルムンドは食料培養プラントのメンテナンス作業を再開した。

俺は知恵の間の視察を終えて一度執務室に戻った。すると。

「ケイゴ様！　これ見てください！」

それは竜機兵《りゆうきへい》に乗って空中に浮かぶシエラだった。竜機兵の手には新鮮《しんせん》な魚介類《ぎよかいるい》が詰《つ》まったどでかい網《あみ》。そういえば今朝刺身《さしみ》が食いたいなあなんて彼女と話していたような気がする。俺は執務室の窓を開け。

「シエラそれどうしたの？」

「サンチェスの海でとってきたんです。これ晩ごはんにみんなで食べましょう！」

竜機兵はフルアーマー仕様だが外の音を拾い中の声を伝えることができる。

「ありがとう！　楽しみにしてるよ」

シエラは機体の手を振ると城の厨房《ちゆうぼう》へと降りていった。今日の晩ごはんは海鮮丼《かいせんどん》だな。


「さてと、陛下への依頼《いらい》だったたな」

俺はキシュウ先生と約束したお願いをするため王都にいる陛下に会いにいくことにした。王都で購入《こうにゆう》した屋敷《やしき》にもポータルを置いたがこちら側のポータルはポータルターミナルにある。ここからだと移動がちと面倒《めんどう》だな。

「そういえば、これ試してなかったよな」

知恵の間につながるポータルを唯一《ゆいいつ》ここの執務室に残していた。マスターピースをポケットから取り出し、魔力を流しながらポータルに乗ってみた。すると。

『マスターピースコード確認。行先指定しますか？　はい　いいえ』

ほほう？　俺はタッチパネルの「はい」をタップする。

『ポータルコードを入力してください』

続けてポータルの設置した場所と機体番号が書かれた紙を見つつ、王都の屋敷の番号を入力。

『ポータルコード確認。行先は王都ラースティン、マスターの屋敷です。よろしいですか？　はい　いいえ』

「なるほどね、こりゃ便利だ」

俺は「いいえ」を押して一旦《いったん》キャンセルし身支度を整えることにした。

元の姿に戻った俺は、貴族装束《しょうぞく》に着替《きが》えると脱《ぬ》いだクノチ装備を指輪にしまった。また手土産《てみやげ》にシエラのとってきたマグロっぽい魚を厨房で一匹《ぴき》もらい木箱に氷と一緒に詰めた。

そして俺は魚の入った木箱を小脇《こわき》に抱《かか》え、執務室から王都の屋敷に瞬間移動した。

「陛下はただいまルーフテラスでアフタヌーンティを召《め》し上がっております。どうぞ中にお入りください」

城に着くと執事《しつじ》長が陛下のいるルーフテラスに案内してくれた。もってきたお土産のマグロとワサビ醤油《じょうゆ》は宮廷《きゅうてい》料理人にもっていってもらった。

ルーフテラスでは陛下とイザベラ様、ヴィオラちゃんが日光浴をしながらアフタヌーンティを楽しんでいた。

「陛下御無沙汰《ごぶさた》しています」

「昨年のセトの誕生日以来だな。元気にしていたか？」

「はい」

折を見て手紙では報告していたが、俺はもう一度自分の口でこれまでの出来事を陛下に話をした。

「……なるほど。それで医者集めに協力してほしいというわけか」

「はい」

「もちろん構わないが獣人《じゅうじん》の姿や神鉄武具を見ることはできるか？」

俺は頷《うなず》くと獣人用の大きな服を身に纏《まと》い神獣《しんじゅう》合身を使った。

「こんな感じです。あと装備はこれです」

俺は指輪からククノチ装備を取り出しテーブルの上に並べた。

「人狼《ワーウルフ》が変身するのとは全く違うな、神々《こうごう》しさを感じる。翡翠色の装備も美しい」

「ありがとうございます」

そんな俺と陛下のやりとりを見ていたヴィオラちゃんが、クッキーを口につっこみイザベラ様の膝《ひざ》から降りると。

「わーい、オオカミさんだー！」

俺の右膝《みぎひざ》に抱きついてきた。右足がヨダレとクッキーでベトベトになった。

「ほーら高い高い」

俺は高い高いをしながらヴィオラちゃんのほっぺたについたクッキーの食べカスをとってあげた。

「こ、こら！　ケイゴ様申し訳ございません……」

イザベラ様が恐縮《きょうしゅく》している。

「いいですよ、子供は好きですから」

「そう言えば陛下、この王都に列車を通したいんですがいいでしょうか？」

「レッシャとはなんだ？」

「馬車よりも何倍も何倍も速くて乗り心地《ごこち》もよく多くの人や物を運べる乗り物です。こんな感じですね」

俺はレールと列車の絵を描《か》き陛下に見せる。すると陛下は「まあいいんじゃないか」と許可してくれた。


「じゃあ私はそろそろ行きますね。お土産のマグロ美味《おい》しいので食べてみてください。ヴィオラちゃんまたね！　セトも会いたがっているから会いにきてね」

「うん！　ヴィオラ、セトに会いに行く！」

息子《むすこ》よ。どうやら愛《いと》しのヴィオラちゃんはお前に好意があるみたいだぞ。

そして俺は三人に別れを告げイトシノユリナに戻った。夕食で食べたワサビ醤油をかけた海鮮丼は格別だった。

k‐265

そして今年もまた夏がやってきた。

夏の大きなイベントといえばセトの誕生日だ。

誕生日が近づくと陛下の鶴《つる》の一声によってランカスタ国中の貴族が集められることになった。

だが今回は昨年とはかなり様子が違った。

サラサたち商人が他国との交渉を頑張《がんば》った甲斐《かい》がありポータルで行き来できる国が増えた。そして世界一五三カ国のうちの一四カ国がセトの誕生日を祝いたいと言ってきたため集まった祝い金の額がとんでもないことになってしまった。

こちらとしても頂いたお金は還元《かんげん》しなければいけないだろうと思い、一か月に及《およ》ぶフェスを開催《かいさい》することにした。我《わ》が息子に対して「どちらの皇帝《こうてい》さまですか」とツッコミを入れたいところだ。

しかし一見面倒に見えるこのイベントは実は俺たちにとって好都合だった。

なぜならわざわざ相手の方に売り込みに行かなくても勝手に商品を見て買ってくれるからだ。

というわけでケータイ、列車、エレベーター、ロボット、食料培養プラント、食料工場、浄水設備、魔力感知装置など、俺たちは知恵の間で発見した研究成果を惜《お》しみなく各国首脳にアピールすることにした。

まず既に工事を始めていたイトシノユリナと王都の間の線路開通。これをイベントに間に合わせるため工事ロボットを投入した。駅のホームはポータルステーションと接続し王都観光も楽しめるようにした。

また地上二〇〇メートルのシンボルタワー兼《けん》商業施設《しせつ》を建築、エレベーターを設置した。わかりやすく言うと東京スカイツリーのミニチュア版みたいなもんだな。この程度の工事は地下に広大な都市を築き上げた建築ロボットたちにとっては楽勝なことだった。商業施設ではユリナさんのデザインしたY&Sブランドが人気だった。

食料培養プラントと食料工場はベルトコンベアでつながっており、サービスロボットの手によって客に届けられるようにした。

大量の汚水《おすい》が出る公衆トイレには浄水設備を設置し、無料のシャワールームや水飲み場を併設《へいせつ》、浄水機能の凄さをアピールした。

竜神の像と教会の建築、聖職者派遣《はけん》、そしてシャーロット直伝の犯罪者更生プログラムをセット販売《はんばい》し、犯罪率が低下することを売り文句にした。

さらには大滝《おおたき》ダンジョンまで線路を延《の》ばし景観とともにダンジョンを観光資源化した。

ダンジョンの入口に魔力感知装置を設置しモンスターの位置や動きをモニタリング。安全を確保した上で蒼の団のモンスター退治や宝箱探しに同行するという新感覚エンターテインメントを提供した。

そしてこの商品は全てフランチャイズ化した。それは技術や権利は全て俺たちが握《にぎ》り各国には口イヤリティを払《はら》い続けてもらうという方法であり、例えば大手コンビニチェーンの契約店《けいやくてん》が利益の何%かを本社に払うというイメージだ。

万が一相手が敵対すれば分けてあげた技術を知恵の間の管理者権限を使って停止することができる。

人間一度《ひとたび》便利を知ってしまったら今さら後戻《あともど》りはできないものだ。だから俺たちの技術が一度生活になじんでしまえば俺たちに敵対することは難しいと思う。

前は当たり前だったインターネットやスマホなしの生活が今となっては考えられない、それと同じことだ。

つまり俺はインフラとなるような技術をグラシエス教とともに世界に広めていけば、こちらが何もせずともいずれゼラリオン教を駆逐《くちく》することができるだろうと考えた。

これがケータイを初めて見た瞬間「もう魔王を倒《たお》さなくていい」と思った理由である。

そしてこれらのフェス企画《きかく》が大当たりした。

水不足が深刻な国には浄水装置、飢餓《きが》に苦しむ国には食料培養プラントや食料工場、インフラが整っていない国には工事作業系のロボット、金持ちには家事ロボットという具合に訪《おとず》れた各国首脳やその側近の食いつきがヤバかった。

特に大滝ダンジョン企画は大金持ちたちの中二病《ちゅうにびょう》心をくすぐった。

週に一度開催される「勇者と一緒にアースドラゴンを倒してその場で美味しいドラゴンステーキを食べようツアー」は、人気のあまりチケットがオークションにかけられ金貨五〇〇〇枚以上で落札された。

余りに人気が過熱したので急遽《きゅうきょ》「竜機兵と一緒にアースドラゴンを倒してその場で美味しいドラゴンステーキを食べようツアー」を企画したが、これもオークションにかけなければならなくなってしまった。

確かにお金持ちはお金では買えないような価値あるものを欲しがる。金持ちが宇宙旅行の権利を高額で買ったりとかそういうやつである。そういう意味で「ドラゴンを倒す」という経験はとても良い商品なのかもしれない。

そんなこんなで各国首脳同士のネットワークによって噂《うわさ》が噂を呼び、フェスの開催期間中にもかかわらず参加国以外の国からも問い合わせが来るようになった。サラサたちの交渉部隊が嬉《うれ》しい悲鳴をあげていた。

中にはラフィットと取引のある麻薬中毒に苦しむ首脳もいた。ハイランデル王国のオーパスもその一人だった。彼らに対してはまずキシュウ先生の治療を受けてもらい、その上で紫色の幻や武器の取引をしないと誓《ちか》ってもらった上で取引を開始した。

そしてセト生誕フェスが終わる頃には取引をする国が三〇カ国と、倍以上に増えていた。

すると俺の隣《となり》にいた陛下が、

「そういえばセトはうちのヴィオラの娘婿《むすめむこ》だよな。私は早めに引退してもいいかもしれんな……」

とつぶやいたのを俺は聞き逃《のが》さなかった。

ユリナさん、どうやら俺たちはもう一人跡取《あとと》りを作らないといけないかもしれませんよ。

そんなことを思っていたら、本当にユリナさんが二人目を身ごもった。

つわりが来て柑橘《かんきつ》系の酸っぱい果物を欲しがるようになったのですぐにわかった。

というか生まれてくる子供の誕生日はどうなるのかな？　セトの場合はヴィオラちゃんの婚約者《こんやくしゃ》だからという理由でとんでもないことになったので、まあ今回はそういうことでもない限り大丈夫《だいじょうぶ》だろう。


——だがそれが甘《あま》かった。


秋、ユリナさんが出産したのは女の子だった。

俺たちはその子をネムと名付けた。俺はネムを抱くユリナさんに漢字を書いて説明すると素敵《すてき》な名前だと気に入ってくれた。

娘のほっぺたを静かに人差し指でツンツンしてみる。あ、指をニギニギしてくれた！　じんわり。

娘は目に入れても痛くないほどカワイイというのは本当だったんだな。

娘のリアクションに一々感動していると部屋の外が騒《さわ》がしくなった。

「ちょっ、陛下ダメです！　おやめください！」

団員の慌《あわ》てる声が聞こえる。そしてドアがバン！　と開き。

「伯《はく》！　子が生まれたというのは本当か！」

「押すな、私が先である！」

「私の方が伯とは一週間貴殿《きでん》よりも付き合いが長いのだ、引っ込んでいるがよい！」

「何を！　このコバンザメが偉《えら》そうに！」

「なんだと、このドテカボチャ‼」

陛下や各国のお偉いさん方が醜《みにく》い応酬《おうしゅう》をしながらドタドタと病室に入ってきた。

「あのみなさん病院なのでお静かに」

俺はシーッと指を立てジェスチャーをするが、言うことを聞いてくれない。ネムの嫁《とつ》ぎ先を争い喧々諤々《けんけんがくがく》の議論というか殴《なぐ》り合いの大喧嘩《げんか》が始まった。

「や、やめてください……」

止めに入ってヨレヨレになる俺。大事な取引先でもあるため無碍《むげ》にもできない。

「アンタら、いい加減にしてもらえるか？　ん？」

どうやら医療界《いりょうかい》における絶対権力者《ドン》の怒《いか》りに触《ふ》れたようだ。キシュウ先生が入口で腕を組み阿修《あしゅ》羅仁王像《らにおう》になっていた。

「あ、いやこれはですね」

「こいつが悪いんです」

「何を、キサマ！」

互《たが》いに責任をなすり付け合うお偉いさん方を、キシュウ先生は鷹《たか》のような目で射貫《いぬ》いた。

「で、では伯、縁談《えんだん》の件はまた後日ということで」

震《ふる》え上がったお偉いさん方はすごすごと退散していった。

キシュウ先生は今や世界各国を救う医師団のリーダーとして民衆から絶大なる信頼《しんらい》を集めている。

キシュウ先生を敵に回すとヤバいことは彼らもわかっているようだ。

「ありがとうございます、キシュウ先生。娘をとられなくてすみましたよ」

「問題ない」

何が悲しくて可愛《かわい》い娘を政治利用されなくちゃいかんのか。キシュウ先生はネムの様子を確認すると別の病棟《びょうとう》へと去っていった。

「私もネムには許嫁《いいなずけ》ではなく私のように恋《こい》をして、自分で相手を決めてほしいわ」

「そう、だね……」

それはそれでショックかも。

今ならエルザとジュノのチューを目撃《もくげき》したときのバラックさんの気持ちが何となくわかる。ネムが「彼氏《かれし》ができたの！」とか言ってどこぞの馬の骨ともわからん男をうちに連れてきた日にゃ、きっと俺はカーテンを閉めきった部屋に引きこもり隅《すみ》っこで体育座りをしながらシクシク泣いた後、藁《わら》人形《にんぎょう》を五寸釘《ごすんくぎ》で柱に打ちつけているに違いない。なんか悲しくなってきた。

「今から結婚《けっこん》の話とかやめない？」

「大事な話よ？　この子はきっと普通《ふつう》には生きられないのだから、なおさらね」

「だよね……」

若干《じゃっかん》、というかかなり父親として不甲斐《ふがい》ない俺だった。


「なあジュノ、娘は何歳《さい》まで一緒にお風呂《ふろ》に入れると思う？」

ある日。俺は同じ娘をもつ父としてジュノに色々相談に乗ってもらっていた。

「んー、ギリギリ六歳くらいまでじゃない？」

「初等教育の前までか……。あと例のセリフ、リンちゃん言ってくれた？」

「将来パパと結婚する、だっけ？　うちの子は言ってくれたよ」

「いいなあ……、可愛いんだろうなあ……」

「まあね、ネムちゃんも来年になればきっと言ってくれるよ」

嫌《きら》われないように身だしなみには気をつけよう。結婚したいどころか「パパ、足臭《くさ》い」とか「洗《せん》濯物《たくもの》は別にして」というこれまた定番のセリフを言われたらショックで立ち直れないからな。

「ジュノはリンちゃんが彼氏を連れてきたらどうする？」

「うーん、考えたことはないけど冷静じゃいられなさそうだね」

「だよなあ」

考えても仕方ないことでズーンと悩《なや》み込む俺たちだった。

第八章　フェイク

shousyaman no isekai survival

k-266

時間差でサラサとエルザにも第二子が生まれた。二人とも女の子だったのでサラサのところは兄妹、エルザのところは姉妹ということになる。

サラサは商人たちの司令塔《しれいとう》だったのでどうなることかと思ったけど、ケータイがあるおかげで問題なかった。

サラサは出産直前まで仕事をし、お産の後もすぐにベッドの上で鬼《おに》のように仕事をしてキシュウ先生に怒《おこ》られていた。

この時点で取引をする国の数が四〇カ国を超《こ》えてきた。

それと同じ頃俺《ころおれ》たちに対する妨害行為《ぼうがいこうい》が活発になり、ジュノたちポータルガーディアンの出動がひっきりなしになっていた。

もちろん敵はラフィットだけとは限らない。

俺たちが商売を広げる先には既得《きとく》権益の甘《あま》い汁《しる》を吸っている貴族や取り巻きの商人たちもいる。これにラフィットが絡《から》んでいるケースもあればそうでないケースもあるので今までは一概《いちがい》にラフィットの仕業《しわざ》であると決めつけることはできなかった。もっとも最近は攻撃《こうげき》がなりふり構わなくなっている。

これまでは身元不明の工作員による攻撃がほとんどだったのが、最近では何らかの手段を使ってモンスターを街中に召喚《しょうかん》し暴れさせるという攻撃が頻発《ひんぱつ》していた。

モンスターはパニックワーム、デッドリースコーピオン、デザートアントなどが出現したので誰《だれ》の仕業かはわかりやすかった。しかしわかったところで領民にとって脅威《きょうい》であることに変わりはない。

人々を恐怖《きょうふ》させたのはパニックワームのブレスで、それにあてられ錯乱《さくらん》した領民同士で傷つけあうことだった。家族で傷つけ合うというケースも発生しており俺たちにもかなり厳しい目が向けられた。

取引先の領主は自分の責任にされるのが嫌《いや》で弱腰《よわごし》になることが少なくなく、地味に痛い攻撃だった。

俺たちは取引先の領民にパニックワームの表皮を使ったマスクを配り錯乱対策をしてもらった。そして定期的にポータルを移動、ダミーポータルの設置、ケータイでの連係などでモンスターの出現に対処した。

マスクによる錯乱防止は効果的だった。モンスターに対処できさえすれば、トラキアのモンスターであることを証明することで人々の怒《いか》りの矛先《ほこさき》をラフィットへと向かわせることができた。

ラフィットとの取引を拒《こば》んだ国は俺たちと交易をすることを望んだ。そして俺たちの商圏《しょうけん》が広がるということはグラシエス教が広がることとイコールだった。

そしてこのままいけば労せずゼラリオン教を封《ふう》じ込《こ》めると期待したのだが、そうは問屋が卸《おろ》さなかった。


とある海を渡《わた》った南国に俺とターニャは来ていた。

『巨大魔力《きよだいまりよく》反応高速接近中、数2』

魔力感知装置が耳障《みみざわ》りなブザーとともに警告を発した。それと同時に背筋に悪寒《おかん》が走った。

そして一拍《ぱく》置いて地面に巨大なクレーターが空いた。中心には見覚えのある顔がいた。

「鑑定《かんてい》」

【ラフィット：トラキア商業国家連合群の大商人。体力107352、魔力119352、気力99152、力96352、知能123323、器用さ92734、素早《すばや》さ92637。保有スキ

ル、鑑定不能】
【魔王《まおう》ギデオン：邪神《じゃしん》ゼラリオンの加護を受けた魔王。体力16123、魔力18162、気力16251、力15271、知能16152、器用さ17261、素早さ14273。保有スキル、鑑定不能】

――は？


「サモンビースト！」

俺はLv2になった召喚魔法《まほう》でブルーウルフよりも強いヘルハウンドを一〇体召喚しけしかけた。

「ターニャ来い」

俺は急いでターニャを引っ張りポータルに乗ると。

『マスターピースコード確認《かくにん》。指定コードを入力してください。……確認しました。アインホフ鉱山に移動します』

「さぶっ」

「冷たい！」

次の瞬間《しゅんかん》景色が南国のそれから一瞬で極寒《ごっかん》地帯のそれになった。アフリカのジャングルからシベリアに跳んだみたいな感じ。俺は急いでマントをターニャにかけ、指輪から木材を出してポータルの横で焚火《たきび》をする。今はできるだけポータルの近くにいた方がいいような気がする。

『召喚獣ヘルハウンドは全《すべ》て消滅《しょうめつ》しました』

間髪《かんはつ》入れずシステムが知らせてきた。とりあえずフォレストヒーリングで減った魔力を回復しヘルハウンド一〇体を再召喚。周りを警戒《けいかい》させることにした。

そして俺は焚火で手を暖めながらジュノにケータイをかけた。

「もしもしジュノか」

「こちらジュノ。どうかした？」

「緊急《きんきゅう》事態だ。スーデラでギデオンとラフィットに襲《おそ》われた。今の俺とターニャじゃ多分勝てない」

俺はジュノにステータスを伝えた。

「それでこれからどうする？」

「狙《ねら》いは俺とターニャだ。ヤツらと戦えるのは俺とターニャだけだからな、と」

懐《ふところ》からブザーが鳴った。

『巨大魔力反応高速接近中、数1』

またしても魔力感知装置が警告を発した。

「うげ、言わんこっちゃない。ジュノ話は後だ一旦《いったん》切るぞ」

「気を付けて」

ピッ。ジュノとの通話を終了《しゅうりょう》。

「ターニャ、いくぞ。」

「うん……」

『マスターピースコード確認。指定コードを入力してください……』


次に跳《と》んだ場所は温暖な島国だった。俺は再びジュノにケータイをかける。

『召喚獣ヘルハウンドは全て消滅しました』

またしても間髪入れずに足止めに向かわせた召喚獣が倒《たお》されてしまった。すぐに再召喚する。

「もしもしジュノ？　俺だ」

「おケイゴか？　俺だマルゴだ。今ジュノは手を離《はな》せなくてすまんな、ちょっとサラサにかわる」

「もしもし私だけど、いくつか確認させて。スーデラのポータルにこちらから跳べなくなっているんだけどラフィットとギデオンに壊《こわ》されたってことでいい？　で今はどこ？」

「話が早くて助かる。スーデラのポータルは多分壊されてる。アインホフ鉱山から跳んで今はユピスにいる。さっきの感じだとスーデラからアインホフまで五〇分できたことになるぞ」

「ケイゴよく聞いて。あなたたちは腕時計《うでどけい》で時間を計りつつ四五分おきにスーデラ・アインホフ間以上距離《きょり》を跳んで。私たちは在庫のポータルをなるべく世界中の目立たない場所に分散させておくから。あとわかっているとと思うけどイトシノユリナだけは避《さ》けてね。死なないで」

「わかった、お前らも気を付けろよ」

腕時計を見ると最後に跳んでから四五分まであと少ししかなかった。

「ポータルコードをアップデートしたわ。データを受け取って頂戴《ちょうだい》」

ピロリンとケータイが鳴る。

「受け取った。ありがとうサラサ」


あれから俺たちとラフィット・魔王との「ポータルもぐら叩《たた》きゲーム」は四日間続いていた。如《い》何《か》にステータスが高いとはいえ魔力は続かないと思うが、追い付かれるイコール死なのでルールを崩《くず》すわけにはいかなかった。

その間召喚獣にはスキルのレベル上げのため周囲の狩《か》りをさせていた。サモンビーストはLｖ３となり新しくシャドーウルフというモンスターを召喚できるようになっていた。

「体大丈夫《だいじょうぶ》？　ちゃんと交互《こうご》に休むのよ。これは長期戦なんだから」

「まあ何とか。獣人化《じゅうじん》の魔力切れをエリューン様のフォレストヒーリングで何とかしているんで、念のためエリューン様に霊薬《れいやく》を届けてもらっていい？」

「わかったわ」

魔力切れさえなければ獣人の姿を保てる。そして仮眠《かみん》をとれるなら有り余る獣人の体力で何とかなる。もしいざ戦闘《せんとう》というときには霊薬でも飲めばいい。

「それよりサラサ、何かいい考えはないのか？　このままじゃポータルを壊されて終わりだぞ」

「わかってるわよ、とにかく今は延命措置《そち》。デルムンドに今大急ぎで製造ロボットにポータルを作らせてるんだから」

「あ、そろそろだ。切るぞ。ターニャ起きろ」

「眠《ねむ》いよお……」

そして再び俺とターニャは空間を転移した。


「ケイゴ聞いて。接近を全く許さないとなると、それはそれで相手も考えると思うのよ。だから危険を承知で五回に一度のペースで警報が鳴るまで待ってみて」

最初にラフィットと遭遇《そうぐう》してから二週間が経《た》った。さすがに俺だけ起きているのは厳しくなってきた。

「考えるって何をだよ」

「わかんないわよ、可能性の話をしているの。違《ちが》う動きをしてきたら今の作戦が通じないかもしれないでしょ？　だからある程度のエサはいるだろうってわけ」

「なるほど、さすがサラサだ」

「感心してないで、あんたもちょっとは考えなさいよ」

「俺も割と自分は頭脳派タイプだと思っていたんだが、最近はサラサに全部任せた方がいいんじゃないかって思ってるよ」

「はあ？　馬鹿《ばか》じゃないの？　わたしだってどうなるかわからないんだから。最後に頼《たよ》れるのは自分だけなのよ？」

「了解《りょうかい》。そっちはどう？　変わりない？　ユリナさんからメールの返事がないけど大丈夫？」

「うん、もちろんよ。今が正念場、早くケリつけましょうね！」

「だな。じゃあユリナさんに後でメールするって言っておいてくれ」

「わかったわ、気を付けてね」

それから俺は五回目にあたる今回、魔力感知装置が鳴るのをターニャと二人で仮眠せずに待った。その間俺はお互《たが》いの無事を確認するメールをユリナさんとやりとりした。

『巨大魔力反応高速接近中、数1』

アラームが鳴った瞬間俺とターニャは再びポータルで移動した。


逃亡《とうぼう》生活も一か月目に突入《とつにゅう》した。しかし俺たちは一向に解決策を見いだせないでいた。

「ああ、ハインリッヒか。どうした？」

「お前は嫌《いや》かもしれないが、しばらく指令の役目を俺が引き継《つ》ぐ」

「サラサに何かあったのか？」

「何もない。ここ一か月の激務で倒れられると迷惑《めいわく》なので休ませているだけだ」

「そりゃそうだよな……」

獣人の俺は底なしの体力だが、サラサは体力のない女の子だ。どこからあのエネルギーが湧《わ》いてくるのか不思議なくらいだ。

「ふん、相変わらずの間抜け面《まぬづら》が目に浮《う》かぶ。まったくいい気なものだ」

「嫌みなら今聞きたくないぞ、何か変わったことはないか？」

「ない、あったら言っている」

「じゃあ何で電話してきたんだよ！」

「もちろん生存確認のためにきまっている」

「そう簡単に死んでたまるか！」

ピッ。俺はケータイを切った。何だってんだ。俺は再びユリナさんにメールで無事を伝えた。

『巨大魔力反応高速接近中、数1』

「おいでなすった、飯は後だ。ターニャいくぞ」

「うん……」

そして俺たちはもう回数を数えるのを止《や》め、転移した。

逃《に》げ始めてから二か月が経った。

何かがおかしい。俺は睡眠《すいみん》不足で朦朧《もうろう》とする頭で考えていた。

限界を迎《むか》えたターニャには一度神獣《しんじゅう》合身を解除してもらい、今はアッシュと一緒《いっしょ》に爆睡《ばくすい》している。

ユリナさんとはメールをしている。返事も来ている。だが最近実際に話をしているのはハインリッヒだけだ。すると丁度そこに電話がかかってきた。

「もしもし、ケイゴかにゃ？」

「おおその声はアイリスか」

「そうにゃ。ハインリッヒを休ませるため今度は私が指令役をやるにゃ」

「ん？　サラサはどうしたんだ」

「それは……、サラサは急性歯痛で緊急入院したにゃ！」

「んなアホな、お前何か隠《かく》してるだろ。吐《は》け」

「隠してないにゃ！　変な言いがかりはやめるにゃ！」

盛大《せいだい》に動揺《どうよう》するアイリス。こいつひょっとして商人向いてないんじゃないのか。

「じゃあ、サラサに電話するけどいいんだな？」

「駄目《だめ》にゃ！　サラサは病院で急性腸閉塞《ちょうへいそく》の緊急オペ中だにゃ！」

サラサがいつの間にか歯痛から重病人にランクアップしている件について。

「お前、サラサに怒られるぞ。いいから吐け」

「にゃ、にゃっ！　み、みんなごめんだにゃ……」

わかればよろしい。

「で、そっちで何があった」

そして俺は自分の能天気さに呆《あき》れることになる。

k・267

「ケイゴ、驚《おどろ》かないでほしいにゃ」

「俺は今大抵《たいてい》のことなら驚かない自信があるぞ」

「……、ユリナがラフィットに連れ去られたのにゃ」

「……なんだって？」

　全身から血の気が引いた。

「ちゃんと聞いてほしいにゃ、ラフィットはケイゴとターニャの身柄《みがら》と引き換《か》えにユリナを引き渡すと言ってきたにゃ」

「それは『いつ』のことだ」

「ケイゴがラフィットに襲われた最初の日にゃ」

　二か月前のことだ。嫌な予感がする。

「じゃあ他のみんなはどうした」

「聞いてほしいにゃ。今ケイゴを追っているのはラフィット一人にゃ。ユリナはギデオンが聖教国で監禁《かんきん》しているにゃ。それをジュノやマルゴ、シエラ、ザック、あとはパパ経由で依頼《いらい》したギルマスのシュラクが一《いち》か八《ばち》かの救出に向かって……」

「それで？」

嫌な予感しかしない。

「大丈夫にゃ、生きているにゃ。監禁されているだけにゃ」

俺はほっと胸を撫《な》でおろした。そういえばユリナさんのポッケが大のお気に入りだった火の鳥のピーキチを思い出す。回復スキルが使えるからユリナさんと一緒にいてくれると助かる。

「しかし、放っておいたら殺されるんじゃないのか？」

「ジュノたちはそれでもいいと言ったにゃ。確実に倒すことの方が大事にゃと」

「そんな馬鹿な話があるか！」

「よく考えてほしいにゃ。ケイゴとターニャが負ければ文字通り世界が終わってしまうにゃ。それと自分一人の命を比べてみてほしいにゃ」

俺だったらどうするだろうか。

「だからと言って納得《なっとく》できるか。じゃあユリナさんとのメールもか？」

「サラサ、ハインリッヒ、私と引き継いでいるにゃ。本体の設定でメールアドレスを別のケータイに移すことができるのにゃ」

「ほう、そんな手の込んだことまでしやがって。まあここまでの話を聞いて大体誰が考えたかわかったけどな。知恵《ちえ》の間は無事ということなんだな？」

「そうにゃ、知恵の間に接続するポータルは全て知恵の間側で停止させたにゃ」

なるほどね。マスターピースをもつ俺だけが移動できると。あとは。

「ちょっと考えたくもないがサラサとハインリッヒが選手交代になっている理由を教えてもらえる

か？」

「お祭しのとおりにゃ。ラフィットに捕《つか》まったにゃ」

「ふざけるな‼」

俺は激高してケータイを切った。みんなして俺に嘘《うそ》つきやがって。必要な嘘にも限度があるだろ。今頃《いまごろ》ユリナさんやみんなはどうしているだろう。殺されているかもしれない。殺されていなくても酷《ひど》い拷問《ごうもん》を受けているかもしれない。そう考えると居ても立ってもいられなくなった。

俺はケータイを破壊《はかい》したい衝動《しょうどう》に駆《か》られたが、それは何とか理性で押《お》し込めた。ターニャがビクビクしながら俺を見ている。いかんな。

俺は霊薬エリクシスを少量飲み深呼吸して落ち着きを取り戻《もど》した。

「ターニャよく聞け、ユリナさんがラフィットに捕まった。サラサやマルゴ、ジュノ、ハインリッヒ、シエラ、ザック、シュラクさんも捕まっている。場所は聖教国だ。俺は助けに行くがお前はどうしたい？　自分で決めるんだ」

「ユリナが殺されるかもしれないんでしょ？　そんなの決まってるじゃない！　馬鹿にしないで！」

ターニャが涙目《なみだめ》で俺を睨《にら》んできた。俺はそんなターニャが可愛《かわい》くて思わず笑顔《えがお》になる。ターニャの目線に合わせてかがんだ俺は、

「そうだよな、ごめんな。じゃあ一緒にみんなを助けにいこう」

と言って頭を撫でた。

それから俺とターニャは神鉄武具やポーション類などの戦闘準備を整えポータルに乗り込んだ。そ

して黒い正八面体の結晶《けっしょう》に魔力を流した。

『マスターピースコード確認。行先指定しますか？　はい　いいえ』

「はい」をタップする。

『ポータルコードを入力してください』

続けて定期的にケータイに送られてくるコード表を見る。行先は。

『ポータルコード確認。行先はゼラリオン聖教国、聖都ゼラリオ内廃屋《はいおく》です。よろしいですか？　はい　いいえ』

「はい」を押すと景色が一変し、目の前には聖都内でのスパイ活動を任せていたシーナが立っていた。

「シーナ、丁度良かった」

「戦いにいくんですね？　二人とも潜入《せんにゅう》用の偽装《ぎそう》魔法をかけます。闇精霊《やみせいれい》テネブよ、顕現《けんげん》せよ。ディスガイス」

シーナさんは俺とターニャの体に手を触《ふ》れそう唱えた。すると魔法陣《じん》が浮かび上がると暗闇《くらやみ》が俺たちを包み消えた。横にいたターニャを見ると教徒服を着た見知らぬ女性が立っていた。

「アイスミラー」

俺は氷生活魔法を使って氷の姿見を出現させ自分を見る。するとこちらも特にこれといった特徴《とくちょう》のないゼラリオン教徒の男が立っていた。

「いつ見ても凄《すご》いな」

「いえ、変わっているのは見た目だけ。見る人が見れば一発でわかりますので過信しないでください」

確かにターニャも俺もオーラを抑え切れていない。だが聖都の一般人《いっぱんじん》を欺《あざむ》く程度なら大丈夫だろう。

「いくぞ」

そして、信徒と同じ姿をした俺たちは偽《いつわ》りの聖都を白昼堂々何食わぬ顔で歩いた。


「では私は一旦隠れます。闇の精霊テネブ、顕現せよ。インビシブル」

祭祀《さいし》の間の前でシーナが魔法を使うと、姿が見えなくなった。俺とターニャは神獣合身を使い獣人の姿となっている。

「シーナ補助魔法をかけるからちょっと待って。あとこれをみんなに飲ませてやってくれ」

俺は自分と二人にツリーブブレッシングとリジェネレーションをかけ、シーナに霊薬エリクシスを数本渡す。

「じゃあシーナ、俺たちが戦っている間に人質《ひとじち》を頼《たの》んだぞ」

そして俺は祭祀の間の扉《とびら》に手をかけた。

祭祀の間に入ると中は赤い魔核灯《まかくとう》の光に照らされていた。奥《おく》の壁《かべ》にはユリナさん、サラサ、マルゴ、ジュノ、ハインリッヒ、シエラ、ザック、シュラクさんが鎖《くさり》で拘束《こうそく》されておりギデオンの姿はない。

「ユリナさん‼」

俺はユリナさんに向かって駆けだそうとした。しかし、

「○~~~×××■△‼」

猿《さる》ぐつわを噛《か》まされたサラサが俺たちを見て必死に何かを叫《さけ》ぶ。何だ？

俺が足を止めると同時に大きな音を立て入口の扉が閉じた。その瞬間体を反転させ扉を思い切り殴《なぐ》りつけたが、見えない力で弾《はじ》かれてしまった。

「罠《わな》か」

「ふふ、ご明察。ようやく話してくれる気になったのかい？　追いかけっこもいい加減飽《あ》きてきたからね。僕《ぼく》ともっと遊んでよ」

部屋の中央に魔法陣が現れ人影《ひとかげ》が浮かび上がってきた。それはギデオンを従えたラフィットだった。

「ターニャ！」

「うん！」

先手必勝。俺たちは二本の剣《けん》で牙《きば》の構えから必殺技《わざ》を繰《く》り出し、俺はラフィット、ターニャはギ

デオンに突撃《とつげき》した。

「無駄《むだ》だよ」

ラフィットが右手で空中を撫でると幾何学《きかがく》模様のバリアが張られた。まるでびくともしなかった。

一旦後ろに引いた俺は、

「サモンビースト」

タッチパネルが浮かび上がり、俺は一〇体のシャドーウルフを召喚し補助魔法のツリーブレッシングで召喚獣たちのステータスを強化した。そしてそのうちの二体をユリナさんたちの護衛に、八体をラフィットとギデオンに差し向けた。シャドーウルフの各ステータスは補助込みで大体二〇〇〜三〇〇と心もとないがいないよりマシだ。

さらにタッチパネルを操作しブルーウルフ一〇体、ヘルハウンド一〇体も召喚。補助魔法をかけ半分をユリナさんたちの護衛に、もう半分をラフィットとギデオンの攻撃に差し向ける。

「リジェネレイト、フォレストヒーリング」

そして魔法で自分の減った魔力を回復させる。

「ターニャ！　先にギデオンを倒せ。狼《おおかみ》たちが倒された瞬間に攻撃魔法をしかけるんだ」

「わかった！」

とりあえずユリナさんたちの安全確保が先決だ。今はこちらに注意をそらさないと。

俺がモンスターをけしかけモンスターが倒されたタイミングでターニャが攻撃魔法をけしかける。

その隙《すき》にさらにモンスターを召喚してという波状攻撃をしかけた。

『個体名：奥田圭吾《おくだけいご》は、サモンビーストＬｖ４を取得しました』

『個体名：奥田圭吾は、サモンビーストＬｖ５を取得しました』

連続召喚を繰り返しているとサモンビーストのレベルがあがった。

【サモンビースト：召喚魔法。召喚可能モンスター、Ｌｖ１ブルーウルフ（一〇体、一体あたり消費魔力二〇）、Ｌｖ２ヘルハウンド（一〇体、一体あたり消費魔力四〇）、Ｌｖ３シャドーウルフ（一〇体、一体あたり消費魔力一〇〇）、Ｌｖ４キマイラ（一〇体、一体あたり消費魔力四〇〇）、Ｌｖ５ケルベロス（一〇体、一体あたり消費魔力八〇〇）】

新しい召喚獣はキマイラとケルベロスだった。魔力切れが怖《こわ》かったので一気に一〇体を召喚せずに二体ずつ召喚したところ、キマイラは獅子《しし》とヤギの二つ頭にヤギの胴体《どうたい》、蛇《へび》の尾《お》、鷲《わし》の羽という獣の合成モンスターで各ステータスは八〇〇～一〇〇〇ほど。ケルベロスは三つ首の地獄《じごく》の番犬で各ステータスは一二〇〇～一五〇〇ほどだった。その四体に補助魔法をかけ、ケルベロス一体をユリナさんたちの護衛に、他三体を敵に差し向けた。

ここへきて魔力を自動回復するククノチシリーズが地味にありがたい。

「ケイゴ！　それ面白《おもしろ》いね！　じゃあ僕と人形遊びでもしようじゃないか。奴隷人形《サモンスレイブ》」

お道化《どけ》た調子のラフィットが指をパチンと鳴らすと、彼《かれ》の周りに毒々しいピンク色の魔法陣が一〇個。

そこから浮かび上がってきたのはかつてトラキアでラフィットから妻だと紹介《しょうかい》された女性たちだった。

「さあ売女《ばいた》ども。あの駄犬《だけん》たちと交尾《こうび》でもしようか」

「ラフィット様……、もうおやめください」

羞恥心《しゅうちしん》のあまり苦痛に顔を歪《ゆが》める女性たち。

「僕が冗談《じょうだん》で言っていると思うのかな？　もちろん命令だよ。そんな態度じゃもうムラサキはあげられないなあ？　さあほら早く服を脱《ぬ》いでこの媚薬《びやく》を体に塗《ぬ》りなさい」

「はい……」

「ムラサキ」という単語を聞いた女性たちの目が恍惚《こうこつ》となり焦点《しょうてん》が合わなくなった。そして全裸《ぜんら》になりラフィットから受け取った媚薬を体に塗るとフラフラと召喚獣の方に歩いていった。すると狼たちの目の色が変わった。

「……」

胸糞《むなくそ》悪い。俺はタッチパネルを操作すると召喚獣に一度後退するよう命じた。

ユリナさんたちの方を見るとすでにシーナさんに解放され、部屋の入口まで逃げていた。

ユリナさんのポッケに隠れていた火の鳥のピーキチが俺の元に飛んできた。ピーキチには気力や魔力の回復スキルがあるので召喚魔法を大量に使う今、かなりありがたい。

「すみません、後でちゃんと治してあげますから。精霊樹の檻《おり》」

俺は樹木魔法でラフィットの人形と化している女性たちを壁際《かべぎわ》に拘束した。

「ケイゴ！　あのゲス野郎《やろう》をやっつけて！」

霊薬を飲んですっかり回復したサラサが烈火《れっか》のごとく怒っている。


ヤレヤレと肩《かた》をすくめるラフィット。

「つまらないなあ、せっかくのショータイムだよ？　僕の奴隷人形たちが快楽で踊《おど》り狂《くる》う姿は面白いよ？　これでも商売で僕を出し抜《ぬ》いたキミには期待しているんだ。もっと僕と真面目《まじめ》に遊んでおくれよ」

「お前が何を言っているのか全く理解できないのだが」

俺はいい加減我慢《がまん》できずにラフィットの挑発《ちょうはつ》に反発した。

「僕は飽きてしまったんだよ、何もかもにね。それなら自分で楽しいことを見つけるしかないじゃないか？」

「人間の苦しむ姿を見るのが楽しいことだという風に聞こえるがな」

「その通りだよ！　さすがケイゴ、わかっているじゃないか！　人間なんてろくなもんじゃない。キミだってそうは思わないかい？　自分の欲ばかり考えて他人を陥れる《おとしい》ことしか頭にないカスばかり。だから僕はそんなこの世で最も心が醜《みにく》い人間という生き物の苦しむ姿を見ることが何よりも楽しいのさ！」

恍惚とした表情で語るラフィット。

「全く思わないね。醜い心がわかるから人間は綺麗《きれい》な心をもつことができるんだ。俺はそんな人間が大好きだ。たまには絶対人とはつるまねえなんて思う日もあるけど、それでも人はどうしようもなく人が好きで、誰かと繋《つな》がっていたい生き物なんだよ！」

ヘラヘラと笑っていたラフィットからスッと表情が抜け落ちた。

「欺瞞《ぎまん》だね。人間が本当に好意に値《あたい》するなら、なぜキミはそんな矛盾《むじゅん》した態度をとるんだい？　キミはただ人間の醜悪《しゅうあく》さから目を背《そむ》けているだけじゃないか」

「黒にも白にも変わることができるのが人間の良いところだ。人々を黒に染め上げることしかしてこなかったキサマが、人間の醜悪さを語るな！」

「あくまで人間の善性に賭《か》けるか……。キミには素質があると思っていたんだけど、どうやら期待ハズレだったみたいだね。つまらない、本当につまらないなあ。もうキミには用はない。飽きたオモチャは処分させてもらうよ」

次の瞬間ラフィットの姿が消えたかと思うと腹に衝撃《しょうげき》が走った。気が付けば俺は壁に叩きつけられうつ伏《ぶ》せに倒れていた。

「ガハッ」

俺は血反吐《ちへど》を吐きそこで初めて呼吸ができた。ターニャは？　俺が攻撃を受けたあとラフィットに応戦している。ギデオンはシエラが竜機兵《りゅうきへい》を召喚し、シーナ、ジュノ、マルゴ、ハインリッヒ、ザック、シュラクとともに交戦し抑《おさ》えてくれている。

俺は霊薬エリクシスを飲んで回復しながらタッチパネルを操作。後退させていた召喚獣をギデオンとラフィットに向かわせた。

そのときケータイが鳴った。

「ヒャッハーー！　ケイゴかい？　やっとわかったんだ！」

「ああ早く言え。ここまで引っ張って何もわかりませんでしたじゃ済まないぞ」

俺は倒された召喚獣をタッチパネルで補充《ほじゅう》しつつケータイを肩で支えながらデルムンドと通話する。

「神語で書かれた石板が見つかってさあ、どうやら神様の世界にも法律があるみたいなんだよね。それでラフィットの正体がわかったよ。ズバリ邪教《じゃきょう》の親玉ゼラリオンさ」

「なんだって？」

「魔王より強い存在なんてよくよく考えればそれしかないってことだよ」

「邪神なんてそんなのどうすりゃいいんだよ」

「石板によるとね、神様の世界には、直接人間同士のいざこざに介入《かいにゅう》できないっていう法律があるらしいんだ。ってことはだよ？　もうわかるよね？」

「わからん、ってか早く言え。威嚇射撃《いかくしゃげき》」

『畏《かしこ》まりました』

向こうで叫び声とドタドタした足音が聞こえる。

「ハアッ、ハアッ……。ゴメン言う！　言うよ！　簡単さ。目には目を歯には歯を、神様には神様をってね。ボクたち人間が神様のいざこざに口を出すことなんてないのさ。たぶんラフィットはスキルで正体を隠しているだけだから、ターニャちゃんの剣を使うといいよ。それなら神通力も見破れるはずさ。じゃあね～」

ピッ。どういうことだ？　神様には神様を、ターニャちゃんの剣……、グラシエスソードのことか？

そのときターニャがラフィットの手刀を首に受け崩れ落ちた。俺はブルーウルフを使って気絶したターニャと落とした剣をこちらに引き寄せさせた。俺はブルーウルフから剣を受け取る。

【グラシエスソード：神鉄オリハルコンでできた武器。邪神の防御《ぼうぎょ》を破壊することができる。破邪《はじゃ》の光。攻撃力《こうげきりょく》８１４３】

【破邪の光：相手が自身にかけた補助効果を全て打ち消し、真実の姿をさらけ出す】

これか。俺は剣に軽くオーラを込める、すると刀身が薄《う》っすらと輝《かがや》きだした。俺にも使えるようだ。

俺はククノチの剣を鞘《さや》に収めるとグラシエスソード二本を両手に握《にぎ》り締《し》め、自分にリジェネレイトとフォレストヒーリングをかける。そしてタッチパネルでケルベロスを召喚してラフィットに攻撃させつつ一歩一歩近づいた。

「キミには失望したよ。勝てない戦《いくさ》はしない人間だと思っていたのにね」

そう言ったラフィットは腕《うで》の一振《ひとふ》りで召喚獣たちを引き裂《さ》いた。そして俺は餓狼《がろう》剣の構えをとる。

「またそれかい？　馬鹿の一つ覚えみたいに」

ラフィットがあざ笑う。俺は構わず餓狼剣と見せかけて突進《とっしん》。ラフィットは右手を前に出すだけで避《よ》けようともしない。

「破邪の光」

二本の剣から聖なる光が発せられラフィットを包んだ。するとラフィットから今までとは比較《ひかく》にならないほどのオーラが吹《ふ》き出た。

「ま、まずい。このままでは……、グオオオオオ」

するとラフィットがシンドバッドのような日焼けした人間の姿から、悪魔《あくま》そのものの姿に変化していった。


次の瞬間、この場にいないはずの複数の人影が、ラフィットだったものを取り囲んでいた。

「グラシエス様、それとアンリエッタ様じゃないですか」

しかし二人は俺の方に見向きもしない。

「ゼラリオン。『人間界における魔王と勇者の戦いに直接介入することを禁ずる』とした神界規定第

七条違反《いはん》を確認したのであなたを現行犯逮捕《たいほ》する。なおあなたには黙秘権《もくひけん》があり、供述は神界法廷《ほうてい》で不利な証拠《しょうこ》として用いられることがあります。あなたは弁護神の立ち会いを求める権利があり、もし自分で弁護神に依頼する経済力がなければ公選弁護神を付けてもらう権利があるにゅ。ちゃんと言えたにゅ！　にゅにゅにゅにゅのにゅ～♪」

見覚えのない背の小さな可愛らしい女の子がゼラリオンに告げる。どこかで聞いたことがあるような声だ。

「ククノチ？　ちゃんと言えてませんよ？　一番ゼラリオンと因縁《いんねん》深い自分が引導を渡すと言ってたのに」

別の美しい女性がククノチと呼ばれた女の子を注意した。ククノチ？　そう思った瞬間俺の鎧《よろい》が振動《しんどう》した気がした。

「言えてるにゅ？　年増《としま》は口煩《くちうるさ》くてかなわないにゅ。これだからシワばかり増えて男神からモテないんだにゅ～」

「キー‼　な、なんですってー‼　ペッタンコのゴスロリチビ神の分際でよくも‼」

「ペ、ペッタンコ⁉　ババアのくせにいい度胸してるにゅ！　今日がキサマの命日にゅ‼」

なんか醜い喧嘩《けんか》をし始めた。真っ赤な火花が散り、次第《しだい》に紅蓮《ぐれん》の炎《ほのお》が燃え盛った。これは比喩《ひゆ》でもなんでもなく実際の物理現象である。

「やめんか、みっともない」

別の壮年《そうねん》の男性が脳天チョップを二人に決めて止めに入る。一方容疑者は容疑者で、

「不当逮捕だ！　邪神側の弁護神の立ち会いを要求する！」

狼狽《ろうばい》したゼラリオンが何やらわめきたてている。なんか意外と俗《ぞく》っぽい話になってるな。

「こいつに関してはたんまり神界マネーを蓄《たくわ》えておるから弁護神費用くらいは大丈夫じゃろう。それよりも神が人間に成りすまして悪事を働いたという点で別の規定に引っかかりそうじゃの？　この顛末《てんまつ》はこれからみっちり取り調べさせてもらうとしようか」

グラシエス様は「特にあの女性たちにはよく事情を聞かなければならぬの？」と言って、ラフィットに奴隷人形にされていた女性たちを見た。

「ぼ、僕は何もしていませんよ。む、無実だ‼」

急に手がブルブル震《ふる》えだすゼラリオン。成りすましや人間を弄《もてあそ》ぶことはかなり重たい罪とみた。

「じゃあ連れていってくれ。我はちと人間たちと話をしてから戻るからの」

それを聞いた数人が縄《なわ》と鉄棒のようなものでゼラリオンを拘束したかと思うと、瞬《まばた》きをする間に姿を消した。


俺たちは目の前にギデオンがいるにもかかわらず毒気を抜かれて立ち尽《つ》くした。

「あ、あの……、これは一体」

その空気に耐《た》え切れずギデオンがグラシエス様に声をかけた。

「おお、忘れておった。魔王と勇者の戦いはまだ途中《とちゅう》だったかの？　続けてくれて構わんぞ」

「あ、いえ私ゼラリオン様から言われて従ってただけなんです。神様にお力をお返しします」

――ガクッ

「そうか、では少し待つがよい。邪神の？　この場合どうなるんじゃ？　ほうほうそうか。ゼラリオン自身が不正をしていたから今回は邪神側の負けということじゃな？　承知した。ではゼラリオンの加護をそちらへ返すぞい」

グラシエス様はギデオンから邪神のオーラを吸い取るとそれを空中に放り投げた。

すると化け物じみたギデオンはみるみる何の変哲《へんてつ》もないただの人間に戻っていった。

「ねえケイゴ、結局何だったの？」

「わからん」

サラサが至極《しごく》真っ当な疑問を呈《てい》したが、俺には答えることができなかった。

最終章　K

shousyaman
no
isekai survival

k-268

グラシエス様にどういうことなのか聞いてみたが明確に答えてはくれなかった。

神界規定とは何なのか、運命人とは何なのか、俺《おれ》はどうしてこの世界に連れてこられたのか、勇者と魔王《まおう》はなぜ争っているのか。俺が疑問に思っていることは全《すべ》て「規定に反するので言えない」

と返された。

そしてグラシエス様は、

「あとは規定事項《じこう》じゃな」

と言い、くすんだ銀色の腕時計《うでどけい》のようなものを俺にくれた。

「なんですかこれ？」

俺はそれを色々な角度で見るが、スイッチがある以外これといって特に変わったところはない。

「いずれわかることじゃ」

「またそれですか。もう変なことに巻き込《こ》まないでくださいよ？」

「我々はお前たちに道具を与《あた》えはするが何も強制していない。ナイフは料理に使えるが武器にもなるだろう？　全てはお前たちの選択《せんたく》。運命を切り開くというのはそういうことじゃ」

グラシエス様はそう言うとどこかへ去っていった。俺はグラシエス様の言いたいことが何となくわかった気がした。


グラシエス様が去ったあと、頂いた腕時計のようなものを調べてみることにした。それにはスイッチのようなものがついていて押《お》すとタッチパネルが現れた。

『こちらは携行《けいこう》型ポータルデバイスです。デフォルト設定、西暦《せいれき》二〇二〇年二月五日午前七時一五分。地球、日本国、北海道〇×町■丁目△番、個体名：奥田圭吾《おくだけいご》の自宅行きです。ジャンプしますか？　はい　いいえ』


「は？」

ボタンを押したまま俺は固まった。やたらと懐《なつ》かしい住所が表示されている。俺は震《ふる》える手でタッチパネルの「いいえ」を押した。

『時空座標、位置座標を設定しますか？　はい　いいえ』

どういうことだ？　とりあえず「いいえ」。

『キャンセルしました』

俺は息をつく。

「何をしている？」

マルゴが聞いてきた。

「これ俺の家行きのポータルっぽいんだが」

「なんだポータルか。別に珍《めずら》しいものでもないな」

すぐに興味を失うマルゴ。そうじゃないんだけどあえて説明する必要もない。とりあえずこのことは置いておこう。

今は二か月に亘《わた》るラフィットとのもぐら叩《たた》きゲームと戦いでズタボロだ。今日のところはさっさと帰って寝《ね》たかった。

それからギデオンにも協力してもらいキシュウ先生や団員を呼ぶことにした。そしてラフィットに支配されていた女性たちの治療《ちりよう》や後片づけを頼《たの》み、俺たちはイトシノユリナへ帰ることにした。

その夜、二か月ぶりにベッドで眠《ねむ》ることができた。

その翌日、一か月に亘る祝勝会をやることにした。

題して「魔王討伐《とうばつ》記念フェス」。俺の息子《むすこ》の誕生日ですら同じような祭りをやったのだから許されるだろう。

とはいえ俺は特に準備ですることもないので、アトリエでグラシエス様のくれたアイテムを試《ため》してみることにした。

グラシエス様がくれたアイテムは自分で「携行型ポータルデバイス」と言っていた。なのでケーポタとでも呼ぶことにするか。俺はケーポタのスイッチを押す。

『こちらは携行型ポータルデバイスです。デフォルト設定、西暦二〇二〇年二月五日午前七時一五分。地球、日本国、北海道〇×町■丁目△番、個体名：奥田圭吾の自宅行きです。ジャンプしますか？　はい　いいえ』

「はい」を選択。すると強烈《きょうれつ》な眩暈《めまい》が襲《おそ》ってきたかと思うと、気付けば別の場所に立っていた。

「ぐっ……、ここはどこだ？」

酷《ひど》い頭痛に頭を押さえつつ周囲を確認《かくにん》する。というかこの場所に見覚えがある。お気に入りのアコギや家具、投資やネット通販《つうはん》に使っていたノートパソコン。趣味《しゅみ》で設置した薪《まき》ストーブに火が入っている。

俺は立ち上がるとノートパソコンを起動する。日時は西暦二〇二〇年二月五日午前七時二二分。ケーポタで指定した日時ピッタリだ。

「本当にここは俺の家なのか？」

試しにテレビをつけてみると馴染《なじ》みのワイドショーが芸能ニュースをやっていた。俺は久しぶりに母さんに電話をかけてみる。

「もしもし母さん？　オレだけど」

「もしもしケイゴかい？」

「そうオレだよ。はは……、これじゃオレオレ詐欺《さぎ》みたいだな」

俺は生年月日や出身大学を母さんに伝え安心させる。

「あんた何か雰囲気《ふんいき》変わったかい？　どこかしっかりしたというか」

そういえば獣人姿のままだった。声が違《ちが》う。

「ごめんねちょっと風邪《かぜ》をひいてさ。それよりそっちは何か変わったことない？」

「そうだねえ、昨日父さんがギックリ腰《ごし》やっちゃってねえ。今整骨院に行っているんだわ」

「そっか、シップでもはって安静にしてね。そのうちそっちに帰るから」

「あんたも元気でね」

ピッ。

「はは、本当にここ日本だわ」

電話を切った俺はしばらく茫然《ぼうぜん》とした。

ピンポーン

玄関《げんかん》チャイムが鳴った。来訪者をインターホン越《ご》しに確認すると段ボール箱をもった宅配業者だった。

「はい」

「宅配便でーす」

「はい、ちょっと待ってください」

ネット通販で何か頼んでたのかもしれないが、いかんせん昔過ぎて記憶《きおく》がない。俺は帽子《ぼうし》とロングコートで耳と尻尾《しっぽ》を隠《かく》すとドアを開けた。するとドアを無理矢理開けられ銃《じゅう》をもった男たちが乱入してきた。

「なんですか、あんたらは！」

「動くな！　両手を上げろ！」

外国なまりの日本語を話しながら男が銃を突《つ》き付けてきた。だが俺は今獣人の姿になっている。

俺は銃を突き付けてきた男の腕《うで》に手刀をあて銃を奪《うば》うと家の奥《おく》に逃《に》げた。

「まて！」

腕を負傷した男が叫《さけ》んでいるが俺は構わず逃げた。背後で銃声が鳴っている。

「竜神《りゅうじん》の盾《たて》、サモンビースト」

俺は盾を展開しつつ、シャドーウルフを足止めに放った。

「異世界のモンスターだ！　特殊《とくしゅ》武器を使え！」

その隙《すき》に俺は窓を突き破り外に出ると裏山に向かった。そしてそのまま森の中をひた走った。タッチパネルを確認するとシャドーウルフは倒《たお》されていた。

「ここまでくれば大丈夫《だいじょうぶ》だろう。何だったんだあいつらは？　ここは日本だぞ」

男から奪った銃を見ると軍隊がもつようなアサルトライフルだった。嫌《いや》な予感がする。それから俺はケーポタに残った履歴《りれき》を辿《たど》りアトリエに戻《もど》った。

その日、俺はずっと心ここにあらずの状態でフェスの催《もよお》し物を眺《なが》めていた。ダメだ、何も頭に入ってこない。

これはどういうことだ？　グラシエス様はなぜこんなものを俺に託《たく》した？　俺はゼラリオンからこの世界を救うために召喚《しょうかん》された運命人ということだったのではないのか？　だとすればミッションはもう終わったはず。あとはのうのうと家族や仲間と一緒《いっしょ》に楽しく余生を過ごせばいいじゃないか。もう命を落としかねない冒険《ぼうけん》ばかりの人生はまっぴらだ。何故《なぜ》あんなやつらに襲われなければならない？

だが一方の自分が俺にささやきかける。

こちらに来てからというもの冒険ばかりの人生だった。死ぬ思いをしたこともあったけど、本当は楽しかったんじゃないのか？　確かに安穏《あんのん》とした余生もそれはそれで憧《あこが》れる。だが目の前にある機械は何だ？　お前が知恵《ちえ》の間で手に入れたテクノロジーは何だ？

――ひょっとして地球側の世界も何らかの理由で滅《ほろ》びに向かっているんじゃないか？

俺の中でそんな疑念が湧《わ》いてきた。

ゼラリオンに勝ってからずっとモヤモヤしていた感情の正体がわかった。地球側の世界もこっちと同じように滅びに向かっているとすればどうだろう。俺が地球側の世界に干渉《かんしょう》できるとすれば、きっとこっちの世界でしたように滅びを回避《かいひ》しようとするだろう。そしてそれを不都合に思う連中がいるとすればどうだろうか。

「それはさすがにとんでもも理論だな」

しかしあの襲ってきた連中をそれ以外にどう説明する？　単なる空き巣狙《ねら》いのチンピラなわけがない。北海道のど田舎《いなか》にアサルトライフルをもったチンピラがいてたまるか。わからない。

こういう時はとにかく情報集めだ。本当に世界が滅びに向かっているのか。もしかすると、そこから襲ってきた奴《やつ》らの正体がわかるかもしれない。ということでその夜寝室《しんしつ》で色々調べてみることにした。

『こちらは携行型ポータルデバイスです。デフォルト設定、西暦二〇二〇年二月五日午前七時一五分。地球、日本国、北海道○×町■丁目△番、個体名：奥田圭吾の自宅行きです。ジャンプしますか？　はい　いいえ』

　これがケーポタの初期設定でここで「はい」を押すと北海道にある自宅に跳《と》ぶことができる。しかしここは「いいえ」を選択する。

『時空座標、位置座標を設定しますか？　はい　いいえ』

　ここで「はい」を選択。すると暦《こよみ》と位置を指定することができる。暦と位置を設定すると某《ぼう》世界的な検索《けんさく》エンジンのように事細かにジャンプ先の場所を映像で見ることができる。

「まずはこの世界の未来を見てみるか。場所はランカスタ王国と」

　俺はタッチパネルにランカスタ王国暦五〇〇年、場所をイトシノユリナと入力してみた。

　お、いい感じじゃないか。ちゃんと自然も残ってて今よりも洗練された町が広がっている。

「じゃあ次は二一〇〇年の日本だな」

　俺はタッチパネルに西暦を二一〇〇年、場所は座標が近いところで札幌《さっぽろ》を指定してみる。

「え、嘘《うそ》だろ……？」

　タッチパネルに映し出された札幌は廃墟《はいきょ》と化していた。ビルは歪《いびつ》な状態にひしゃげ、路上にはところどころに人間の死体が転がっている。ドス黒い雲に砂嵐《すなあらし》が吹《ふ》き荒《あ》れ緑らしきものが全くない。

　それは場所を移しても同じだった。全国の主要都市を見た。東京なんて特に酷い。生きている人間なんているのかと思ってしまうような有様だ。

「日本は滅んでるのか……？」

詳《くわ》しいことはわからない。行って確かめるしかない。もしかすると生きている人もいるかもしれない。しかしこんな状態の場所に行って無事に戻れるかわからない。それに俺が行くことでこっちの世界に影響《えいきょう》があるかもしれない。

元の世界を助けられるとすれば、こっちの世界に影響を与えない形で行わないといけない。誰《だれ》かにこの秘密を明かしてしまえば大なり小なり必ずこっちの世界に影響を与える可能性がある。

「それだけは避《さ》けないとな」

俺は再び強烈な孤独感《こどくかん》に襲《おそ》われていた。

k - 269

ケーポタのチェックを一通り終えるとケータイが鳴った。

ケータイ画面を見るとサラサからのメールだった。文面は「こちらサラサ、もしこれを読んだら添付《てんぷ》の指定場所まで来て」だった。こんな夜中になんだ？　本当に何かあったのなら電話を寄こすはず。何かのイタズラだろう。

「あなた？　まだ寝ないの？」

お風呂《ふろ》あがりのユリナさんが白いネグリジェ姿で寝室に入ってきた。

「うん、そろそろ寝ようかな」

それから俺はユリナさんの隣《となり》に入り込んで、ランタンの明かりを消す。眠るときは今でも獣人の姿で眠っている。

そして布団《ふとん》に入ってしばらく経《た》った頃《ころ》、突然《とつぜん》人の気配がした。

「誰だ！」

俺が誰何《すいか》するのと機関銃《きかんじゆう》の音が響《ひび》くのは同時だった。俺は枕元《まくらもと》においた教典に手をやり竜神の盾を発動。

そして俺は手足にオーラを巡《めぐ》らすと体術で敵四人を気絶させた。そして後ろを振《ふ》り返ると……。

「ユリナさん！」

一緒に眠っていたはずのユリナさんのネグリジェが真っ赤な血に染まっていた。すぐに駆《か》け寄ったがユリナさんは心臓を撃《う》ち抜《ぬ》かれ既《すで》に死んでいた。

「何でこんなことに……」

使用人たちが騒《さわ》ぎを聞きつけ部屋に入ってきた。何かを言っているがそれどころじゃない。どうする？　不死鳥の霊薬《れいやく》を使うか？

「いやまてよ」

一％の確率にかけるよりももっと確実な方法がある。ケーポタでサラサからのメールが来た時間、つまり銃撃《じゆうげき》が始まる前の時間に跳ぼう。俺は部屋から出て長廊下《ろうか》で一人になるとケーポタを起動。

「頼むぜ」

そして俺の視界はぐにゃりと歪《ゆが》んだ。

視界が元に戻ると俺は変わらず長廊下に立っていた。

「うぐ……、またこれか。成功したのか？」

酷い頭痛に頭を押さえているとポケットに入ったケータイが鳴った、見るとサラサからのメールだった。着信時間を見るとどうやら成功したようだ。

自分の部屋を外から確認すると俺がケーポタを操作しているのが見えた。ユリナさんも無事だった。

それから俺は窓の外で敵が来るのを待った。すると唐突《とうとつ》に敵が五人現れた。

俺は窓から部屋に侵入《しんにゅう》すると体術で敵を気絶させその足で窓から脱出《だっしゅつ》した。敵が発砲《はっぽう》する前に倒したのは間違《まちが》いない。あとはこっちの俺に任せよう。

「戻るか……」

俺は再びケーポタを起動すると跳躍《ちょうやく》履歴を辿り、元の時間と座標軸《ざひょうじく》に跳んだ。


歪んだ視界の焦点《しょうてん》が元に戻ると、部屋の中にはネグリジェ姿のユリナさんが立っていた。床《ゆか》には気絶した敵が転がっており警備兵が拘束《こうそく》していた。

敵の数が一人増えて、ユリナさんは生きている。

「はは……、本当に過去を変えちまったよ」

ユリナさんが銃撃によって殺されるという未来がなかったことになっている。しかも意図していなかった微妙《びみょう》なところが変わってしまっている。

「バタフライ効果ってやつか」

俺は頭を抱《かか》える。俺は取り返しのつかないことをしているのではないか？

「あなた、どうしたの？」

「何でもないよ」

ユリナさんをこれ以上巻き込むわけにはいかない。


俺はふと先ほど助けられたサラサのメールを思い出す。添付データを開くと知恵の間に今日これから集まるという内容だった。もしかすると何かのヒントになるかもしれない。

「ユリナさん、ちょっとサラサから呼ばれたから行ってくるね」

「え？　もしかして知恵の間のこと？　こんな時間だったから何かのイタズラだと思ったわ」

「え？　ユリナさんにも？」

「え？」

俺たちは半信半疑のまま知恵の間に行くことにした。


ポータルで知恵の間に跳ぶとサラサ、マルゴ、ジュノ、エルザ、デルムンドがいた。

「サラサ、これどういうこと？」

「いや、本当に知らないんだってば」

「何を言ってる」

話がかみ合わないな。サラサは自分にはメールが届いておらず、マルゴに連れてこられたと言っている。

「イヤッハー！　ちょっと整理しようか。まずみんなのメール履歴を見てみる必要があるね？」

デルムンドがケータイ本体のコンソールを操作した。

「ん？　なんだこれ。メールの発信日時が二〇年後の今日になってる？　何だろうバグかな……」

俺は背筋が寒くなった。自分のケータイを見てみると確かにメールの発信日が二〇年後になっている。未来のサラサがみんなを集めるメールを出したのだ。何のためか？

それはメールのおかげでユリナさんが死ぬ直前の時間に跳ぶことができたことを考えれば理由は推測できる。ユリナさんの命を救うためにはあの時点で俺にメールを送る必要があった。

推測が正しければ二〇年後のサラサは、ケーポタや俺が時間跳躍できることを知っていることになる。しかしいつの時点でサラサが知ることになるのかがわからない以上、うかつなことは言えない。どんな影響が出るのかわかったもんじゃない。

「ようするに機械の故障か、睡眠妨害《すいみんぼうがい》になるからちゃんと直しといてくれよ？」

呆《あき》れるマルゴ。

「まあボクに任せといてよ」

「じゃあ俺たちは帰るね。娘《むすめ》たちを置いてきちゃったから」

そう言ってジュノとエルザは帰っていった。

「じゃあ俺たちも帰るから」

そして今日のところはお開きとなった。

「ケイゴ様、賊《ぞく》たちが自害しました！」

「何だって⁉」

城に戻ると警備兵たちが慌《あわ》ただしく動いていた。事情を聞くと目を覚ました刺客《しかく》たちはどんな手段を使ったかは不明だが全員毒死していた。身体チェックは入念に行っていたはずなのだが。

「何てことだ……」

俺はよくわからない薄《うす》ら寒さを感じた。

その日俺は久しぶりに寝付《ねつ》けなかった。答えの出ない問題に直面したときはいつだってそうだ。仕方ないので静かにベッドから抜け出しテラスで夜風にあたることにした。

地球側の世界とこっちの世界では未来が大きく異なっていた。その違いは何だというのか？

俺は古代土鬼人《ドルク》の作り上げた技術を見ていて感じたことがある。

それは自然環境《かんきょう》に優《やさ》しいということだ。基本的に彼《かれ》らのテクノロジーに使用するエネルギーは半永久魔動機関から生み出され、化石燃料や原子燃料のように化学物質を垂れ流し汚染《おせん》することはない。自然環境を壊滅《かいめつ》させるような非人道兵器のようなものもない。

俺はケーポタをいじって、もう一度こっちの世界の未来を見てみた。するとそこには地球側の世界と同じように滅びの世界が広がっていた。

「なぜだ？　何を間違えた？」

わからない。ただ何となく地球側の世界とつながったことでこうなったのだろうと推測できるくらいだ。

「ということは、そもそも俺がケーポタを使わなければいいんじゃないか？」

俺がケーポタを手に入れてから初めて使うまでの間にケーポタを奪って破壊《はかい》すればどうだろう。きっと元の世界は滅ぶがこの世界の未来は守られる可能性が高い。試しに俺は時間軸《じかんじく》を入力してみた。問題なく跳べるみたいだ。

しかし仮にそのプランが当たった場合、地球側の世界が確実に滅ぶことになる。

「アホか。向こうには母さんや親戚《しんせき》連中だっているんだぞ。そんなことできるもんか」

最悪の状況《じょうきょう》だ。どうすれば両方とも救うことができる？

それからしばらく何も解決策が思いつかず、かと言って誰にも相談することもできず孤独《こどく》で眠れない日々が続いた。

例の刺客たちがどこからともなく現れては俺を何度も襲った。俺と一緒にいた者はアサルトライフルの餌食《えじき》となった。マルゴやジュノは怪我《けが》で済んだが、サラサ、エルザ、デルムンド、セト、ネム、アイリス、その他多くのイトシノユリナの民が犠牲《ぎせい》になった。

　そのたびに俺は過去に跳び、過去を塗《ぬ》り替《か》えた。死をなかったことにした。

　そしてその改変は注意しないとわからない程度ではあるが余計な部分まで変化を与えた。例えば屋根の色、見慣れない服、花瓶《かびん》に飾《かざ》られている花。改変した場所の情報が前と微妙にすれ違っていた。敵は捕《と》らえた段階で一人残らず自害した。いや自害させられたと言った方が正しいかもしれない。検死をしたキシュウ先生の見立てだと体の内部に毒が仕込《しこ》まれており、何かをトリガーに毒がまわる仕掛《しか》けになっているようだと言っていた。

「このままではきっと取り返しのつかないことになるぞ」

　過去がどんどん意図しない方向に変化していることに俺は恐怖《きょうふ》した。何より死をなかったことにしても、みんなが殺された光景は消えてなくなりはしない。俺はここずっとみんなが殺される悪夢を見るようになっていた。

　敵の狙いはきっとこのケーポタだ。とすれば俺が一人でいさえすれば誰も殺されなくて済むんじゃないか？

「はは、なんてこった……」

　こんなところで長年培《つちか》ってきた孤独に耐《た》える力が役立つ日が来るなんてな。

　それから俺はひたすら誰とも会わずに孤独を貫《つらぬ》いた。

町の近くにいると無理やりにでもあいつらが会いに来るだろうから、イトシノユリナを去ることにした。

「さすがに海の上なら大丈夫だろ」

俺は精霊樹《せいれいじゅ》の船でどこへ行くわけでもなく海の上を放浪《ほうろう》することにした。精霊樹の船には浄水《じょうすい》装置や食料培養《ばいよう》装置を持ち込み、船室にシャワールームやキッチンを作った。気ままなクルージング旅というわけだ。

独り身の頃なら楽しめたのかもしれないが、今はとてもそんな気分になれない。家族やみんなに会えないのが何よりも辛《つら》い。

あれだけひっきりなしだった敵の襲撃《しゅうげき》もピタリと止《や》んだ。でも世界が滅ぶ未来は何も変わりやしなかった。

誰も死なないが全く出口の見えない中、俺は少しずつ神経をすり減らしていった。

「酷い顔だな」

用心のため獣人化したままシャワーを浴びる俺は鏡に映る疲《つか》れた男と目が合う。目のクマが酷くヒゲもボサボサだ。何日まともに眠れてないのか、もうわからない。俺は熱いシャワーを頭の後ろにあて、目をつむった。

『全てはお前たちの選択。運命を切り開くというのはそういうことじゃ』

不意に「選択」というグラシエス様の言葉が浮《う》かんだ。

「あ、ひょっとして俺、またやらかしてないか？」

俺はまた自分のいつもの悪い癖《くせ》が出ていることに気が付いた。

「よし、そうと決まれば跳ぼう」

心を決めた俺は再び熱いシャワーを浴びてリフレッシュ、ヒゲをそって身なりを整えた。

『時空座標、位置座標を設定しますか？　はい　いいえ』

それから甲板《かんぱん》に出た俺はタッチパネルの「はい」を選択し、とある場所とある時刻へと跳んだのだった。

k-270

「うひゃ！　なんだケイゴか、まだ帰ってなかったのかい？　びっくりさせないでおくれよ」

「すまん、それよりお前に頼みがあるんだが。俺以外のケータイにメールしてもう一度ここに呼び出してくれないか？　ユリナさんには側にいる俺に気付かれないように頼むと付け加えてくれ」

「どういうことだい？」

俺は二〇年後のサラサがみんなを集めたあの日に時間跳躍した。そして知恵の間に身を隠してみんなが解散しデルムンドが一人になるのを待った。そして、過去の俺以外の全員をもう一度集めることにした。

「なるほどケーポタね～、見た感じおそらく作ったのは僕《ぼく》の御《ご》先祖様だね。きっと危ない発明だからグラシエス様に預けてたってところじゃないかな？　でも危なかったね。これたぶん無限に使えるものじゃないし、使用中に壊《こわ》れてたらキミきっと死んでたよ？」

デルムンドはケーポタを俺に返しつつ言った。デルムンドと話をしているとみんなが再びやってきた。

「あなた？　ええ⁉」

ユリナさんが困惑《こんわく》している。この時間軸の俺は現在ベッドで眠っているのだから当然の反応だ。

「ケイゴまでいい加減にしろよ？　睡眠妨害で訴《うった》えるぞ？」

イタズラだと勘違《かんちが》いしたマルゴの頭に血管が浮き出ている。

「まあ落ち着いてくれ。ちゃんと説明するから」

そして俺はケーポタを手に入れてから起きたことを全員に説明した。

「ちょっと信じられないわ、二〇年後の私からのメールだなんて」

「丁度いいや、これを見てくれる？」

俺はケーポタを起動して王国暦五〇〇〇年の世界を映し出した。そこには見覚えのある自然の風景とともに現在とは全く違う洗練された街並みが映っていた。

「これが未来のイトシノユリナ？」

全員が俺のタッチパネルを覗《のぞ》き込んだ。

「そう。細かいことは行かなきゃわからないけど、この時間軸の未来は大丈夫みたいだ」

やはり俺の選択は間違っていなかった。

「そしてこっちが俺の住んでいた世界の未来だ」

俺は西暦二一〇〇年の日本を画面に映す。そこは以前見たのと同じ滅びた世界が映っていた。

「……‼」

腐敗《ふはい》してカラスに突《つつ》かれている死体を見てしまいエルザが口を押《お》さえてうずくまった。

「こんなことって……」

「だが現実だ。一つ俺のわがままを聞いてくれるか？　俺はこんなになっちまう前に自分の世界を救いたい。もちろん危険があると思う。だけど頼む、手伝ってくれ」

俺はみんなに頭を下げた。一度沈黙《ちんもく》した後全員が腹を抱えて笑った。

「何を今さら改まって、お前もしかしてアホだろ？」

マルゴが俺の背中をゴツイ手でバンバン叩《たた》いた。

「ケイゴ、まさかの新作マンザイ？」

エルザが目に涙《なみだ》をためながら笑いを我慢《がまん》している。

「そうだ、俺ケイゴのいた世界に行ってみたいな。今度案内してよ」

とジュノ。

「商売としても面白《おもしろ》そう。私も連れてって？」

「私もあなたのご両親にお礼を言いたいわ。あなたを産んでくれてありがとうって。セトとネムだって会いたいはずだしね」

「ヒャッハー！　これはアガるねえ。ここではない別の世界だぜ？　興奮しなきゃ嘘だね」


——こんな幸せなことがあっていいのかな？　もう孤独でなくてもいいのかな？


「みんな……、本当にいいのか？　たぶんもの凄《すご》い迷惑《めいわく》がかかると思うぞ？」

「何泣いてるのよ？　おかしなケイゴ」

サラサ。

「あなた、ずっと一人で戦っていたのね？　大丈夫だから、もう自分一人で抱え込まないで」

ユリナさん。

「よっしゃ、そうと決まれば作戦を考えるぞ？　まずはプロジェクト名からだな。ほらケイゴ、めそめそしてないでお前も考えろや」

「なんだよそれ」

形から入るって、やっぱ蒼《あお》の団の名前やロゴを作ったマルゴらしいや。

――『K』

それがみんなで考えた末に決まったプロジェクトの名だった。

同じ語感の「ホワイトナイト」が「K」の有無《うむ》で白夜から白馬の騎士《きし》に意味が変わる。白夜のごとく白昼夢の中にいる人たちを助ける白馬の騎士になろうという意味が込められている。偶然《ぐうぜん》俺のイニシャルも「K」なのだが、気付かないふりをして黙《だま》っていることにした。

「よし、みんないいな？　俺たちの世界もケイゴのいた世界も全部まとめて救うぞ！」

マルゴが右手を差し出し、それに全員が手を重ねた。

「じゃあ、プロジェクト『K』始動するわよ！」

「「「「「おう！」」」」」

サラサの合図にその場の全員が応《こた》えた。

「まったく、お前らは本物の大馬鹿者《ばかもの》だよ」

俺の友人たちは馬鹿は馬鹿でも頼《たよ》りになる大馬鹿者なのだが、こいつらを褒《ほ》めるのはそれはそれで癪《しゃく》だった。そこで俺は苦し紛《まぎ》れの言葉を吐《は》いたが、こいつらの頭は明るい未来のことで一杯《いっぱい》のようだ。

急に気をもむ自分が恥《は》ずかしくなった俺は、洟《はな》をすすって照れ隠しをするしかなかった。

この世界の異物に過ぎなかった俺は、どこか他人事《ひとごと》にとらえてしまう自分をどうしても消せなかった。自分はどこかでこの世界の一員ではないと思ってしまっていたんだ。だけど今日、本当の意味で自分はこの世界の一員になることができた。

エピローグ

shousyaman no isekai survival

俺《おれ》はケーポタを手に入れてからというもの、自分を偽《いつわ》りあえて孤独《こどく》へと突《つ》き進んでしまった。

本当はみんなと本音で付き合いたかったのに、迷惑《めいわく》をかけられないと拒絶《きょぜつ》してしまった。

そもそも自分一人で世界を救おうなんておこがましいにも程《ほど》がある。まったく何様だ？　笑ってしまう。

もちろん世界はそんな俺を許してはくれなかった。世界の滅《ほろ》びを止めることなんかできやしなかった。

俺はみんなに頭を下げた。俺は許してもらえなくていい、世界を救いたいそんな一心で頭を下げた。

そんな俺に対してみんなは優《やさ》しく受け入れてくれた。みんな俺の考えてることなんかとっくに見《み》透《す》かしていた。もはや本音も建て前もあったもんじゃない。

だからこそ俺は安心した。もう大丈夫《だいじょうぶ》だ。こんな奴《やつ》らが相手じゃ孤独になんかなりようがない。
もしかするとこれからも孤独になりたいという衝動《しょうどう》に駆《か》られることがあるのかもしれないし、ときには道を誤ることもあるだろう。だけど俺は必ず引き返して何度だってまたこの場所に立つことができる。

だから俺たちは絶対に世界を救うことができる。

商社マンの異世界サバイバル　～絶対人とはつるまねえ～　完

あとがき

みなさんこんにちは。作者の餡乃雲《あんのうん》です。

本あとがきですが、多分にネタバレを含《ふく》むため小説本文を先に読んだ後にお読みください。


それではよろしいでしょうか？


ＷＥＢ版先行でやってきた本シリーズですが、四巻は編集部からオファーをいただき一から書き上げたものになります。そのためＷＥＢ版とは全く違《ちが》うものに仕上がりました。

そして当初のプロット通り完結編として書いたのですが、予想に反して「全然お話続くじゃん。てか地球側の話ってどうなるの？」という引きで終わってます。

個人的にはこういう加速して盛り上がってクライマックスで唐突《とうとつ》に終わり、「あとは読者のご想像にお任せします」的な締《し》め方も嫌《きら》いじゃないです。ですが、やっぱり滅《ほろ》んだ地球をケイゴたちが救えるのかということは気になるところですよね。なのでいつかは続きを書きたいと思ってます。

そしてもし続きを発表するのであれば、書籍《しょせき》版オファーが一番集中して制作に取り組めるのでありがたいです。

もし続きのお話も読みたい！　頑張《がんば》って書いてください！　という方がいらっしゃれば書籍版の新刊を購入《こうにゅう》して頂くか、編集部あてに続刊が読みたい旨《むね》のファンレターかファンメールを頂ければと思います。


とはいえこれで本作は完結です。

昨年2月に小説家デビューした私にとっての処女作がようやくこうして完結できました。なのでここで本作に関《かか》わって下さった方々に御礼《おれい》を言いたいと思います。

川崎《かわさき》様。初めて出版のオファーメールを頂いたときの感動は一生忘れません。色々と教えていただき、ありがとうございました。

柏井《かしわい》様。コロナ禍《か》で直接お会いできない中でも丁寧《ていねい》に対応してくださって有難かったです。本当にありがとうございました。

布施《ふせ》様、五條《ごじょう》様。私の書いたキャラクターたちに命を吹《ふ》き込《こ》んでくださり本当にありがとうございました。絵を見た瞬間《しゅんかん》の感動は忘れません。

月刊ドラゴンエイジ編集部の豊原《とよはら》様、三浦《みうら》様、ＴＩＮＡＭＩの鈴木《すずき》様。子供の頃《ころ》からラノベや漫《まん》画《が》好きでしたが、まさか本当に漫画原作者になるなんて思ってもいませんでした。夢を叶《かな》えてくださり本当にありがとうございます。

そして応援《おうえん》してくれた家族や友人たちにも感謝を。

最後にファンの皆様《みなさま》。処女作を四巻もださせて頂けたのは確実に応援してくださった皆様のおかげだと思います。この場を借りて御礼を言わせてください。本当にありがとうございました。

同じ日本語のはずなのに、今この場所での感謝の言葉は日々気軽に発信するＳＮＳと比べ一言一言が重く感じています。

私は本作の書籍制作を通じて一言一句を大切にする仕事をしている人たちがいることを知りました。自分の中で言葉に対する感覚が変わったことが、本作品でデビューしたことの何よりも得難《えがた》い宝物だと思ってます。

日本もこれから紙から電子書籍《でんししょせき》に移行する過渡期《かとき》にあると思いますが、言葉を大切に扱《あつか》う書籍文化は後世にも残ってほしいと願ってます。

それではみなさん、ここまでお付き合いいただき、ありがとうございました。

令和三年七月三十一日　餡乃雲

DRAGON NOVELS
ドラゴンノベルス

商社マンの異世界サバイバル
～絶対人とはつるまねえ～4

2021年11月5日　初版発行

著　者　餡乃雲《あんのうん》

発行者　青柳昌行

発　行　株式会社 KADOKAWA
〒102-8177　東京都千代田区富士見 2-13-3
電話 0570-002-301（ナビダイヤル）

編　集　ゲーム・企画書籍編集部

装　丁　AFTERGLOW

D T P　株式会社スタジオ205

印刷所　大日本印刷株式会社

製本所　大日本印刷株式会社

DRAGON NOVELS ロゴデザイン　久留一郎デザイン室＋YAZIRI

ISBN978-4-04-074306-6　C0093

異世界覚醒超絶クリエイトスキル
①~生産・加工に目覚めた超有能な僕を、世界は放っておいてくれないようです~
②~超有能な生産・加工スキルで、囚われの魔族少女を救います~
著：たかた
イラスト：みことあけみ
1~2
DRAGON NOVELS

無能とレッテルを貼られ
追放された少年が、
創造スキルで一発逆転！
クラスごと異世界に転移し、
追い出されてしまった隆也に宿った超絶スキル。
そのときから、かわいい女の子と世界が隆也を求め始めた！

DRAGON NOVELS
好評発売中！
家族一緒に異世界転生！
のんびり楽しく暮らしていく。